KB034412

선생님의 보글보글

선생님의 보글보글 (큰글씨책)

초판 1쇄 발행 2022년 2월 24일

지은이 이준수
펴낸이 강수걸
펴낸곳 산지니
등록 2005년 2월 7일 제333-3370000251002005000001호
주소 부산시 해운대구 수영강변대로 140 BCC 613호
전화 051-504-7070 | 팩스 051-507-7543
홈페이지 www.sanzinibook.com
전자우편 sanzini@sanzinibook.com
블로그 sanzinibook.tistory.com

ISBN 979-11-6861-011-8 03810

* 책값은 뒤표지에 있습니다.
* 잘못된 책은 구입하신 곳에서 교환해 드립니다.

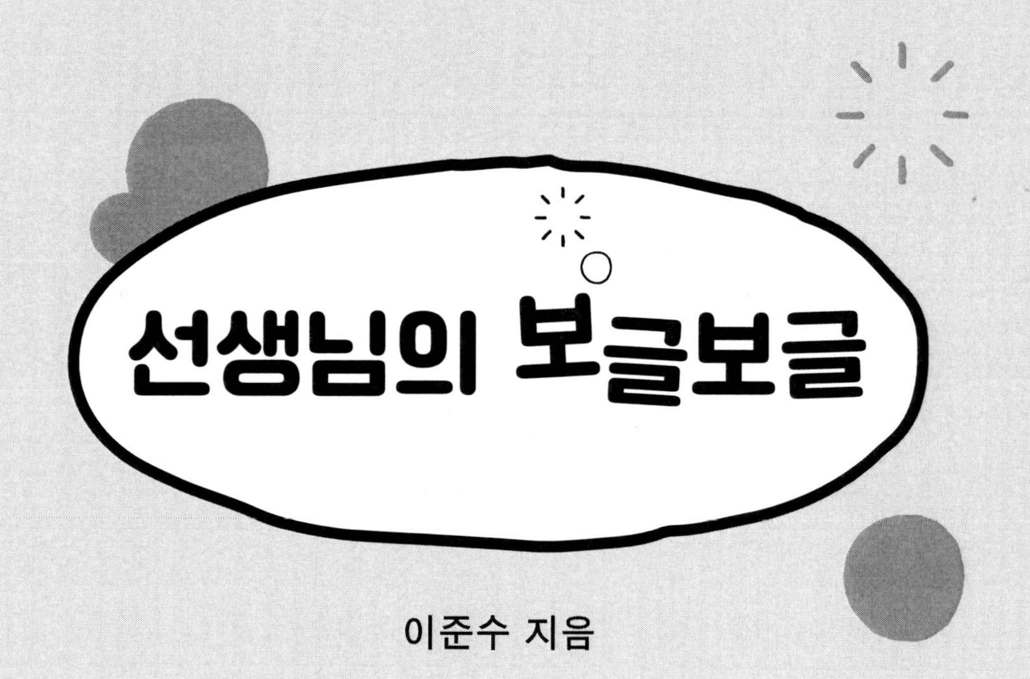

선생님의 보글보글

이준수 지음

산지니

들어가면서

학교는 애증의 공간이다. 어린 시절 학교에서 받은 상처도 많고, 즐거운 기억도 많다. 나는 내가 교사가 될 줄 꿈에도 몰랐으나 어쩌다 초등학교 교사를 생업으로 삼아 살게 되었다. 선생님이 되어 겪은 학교는 어린 시절의 학교와 달랐다. 선생님이라는 직함 아래에는 여러 역할이 숨어 있었다. 때로는 상담사, 가끔은 민원 처리반, 어쩔 땐 삼촌 노릇을 해야 했다. 백 개의 얼굴이 필요한 직업. 학교 현장의 핵심 기술과 지식은 교육대학에서 가르쳐주지 않았기에 몸으로 부딪치며 배우는 수밖에 없었다.

내가 이 책에서 다루는 이야기도 선생님이 되어가는 이야기(선생님은 완성형이 아니라 과정이므로) 혹은 몸으로 겪은 학교의 풍경이다. 저명한 학자의 두꺼운 저서처럼 정교한 이론은 기대하기 힘들고, 페스탈로치의 환생을 보는 듯한 헌신적이고 눈물겨운 희생의 아이콘도 등장하지 않는다. 나는 불완전한 사람이고, 희로애락애오욕을 고스란히 느끼며, 주택융자 대출금을 갚기 위해 월요병을 감수하는 한 명의 직업인이다. 그럼에도 확실한 것은 나는 학교와 학생을 사랑한다는 사실이다. 다소 편파적이고 감정에 치우친 면모가 있을 수 있다. 그러나 한쪽에 치우친 애정이야말로, 혼란스럽고 불안한 인생에서 그나마 우리가 기댈 수 있는 빛이라고 생각하면 강원도 시골의 선생님 이야기도 나름의 의미가 있지 않을까 생각하면서 용감하게도 원고를 마쳤다.

책을 읽어주시는 고마운 독자님들께 초등학교 사정 전반의 이해를 돕기 위해 몇 가지 말씀을 드리고자 한다. 교무실로 출근하는 중등 선생님과 달리 초등 선생님은 내 교실로 출근해서, 내 교실에서 퇴근한다. 전 교과를 가르치고, 수업이 끝나도 별도의 장소에서 쉬는 시간을 보내지 않으며, 아이들과 같은 테이블에서 급식을 먹는다. 20평 남짓의 교실이 선생님 삶의 주요 무대다.

학교는 무균 상태의 실험실처럼 완벽하지 않다. 하루에도 온갖 일들이 예측할 수 없는 형태로 발생하며, 선생님의 통제 범위를 벗어나기도 한다. 선생님에게 똑같은 하루라는 개념은 성립할 수 없다. 그것이 교직의 매력이라면 매력이지만, 한편으로는 긴장과 맥 빠짐의 롤러코스터를 타게 만드는 원인이기도 하다.

교직은 학생 및 학부모의 선호 직업 상위권에 속해 있으면서도, 대한민국에서 가장 많이 욕을 먹는 분야 중 하나인 교육 카테고리에 포함되어 있고, 교사 본인들이 생각하는 직업만족도는 하위권을 맴돌지만 결혼 배우자 상대로는 괜찮은 평가를 받는 몹시 복잡하고 역설적인 직업이다.

학교에 선생님과 학생만 있는 것은 아니다. 학교의 예산을 처리하고 각종 수납 업무를 하시는 행정실장님 이하 주무관님, 학생들의 안전을 지켜주는 보안관님, 맛있는 급식을 만들어주는 조리사님, 도서관 일을 맡아주시는 도서실무사님, 행정업무를 도와주는 교무행정사님 등 다양한 사람들이 학교가 제 기능을 다 할 수 있도록 각자의 자리에서 땀을 흘린다.

그다음으로는 흐음…… 이렇게 쓰자면 끝이 없을 것 같으므로 학교 소개는 여기서 마치고자 한다. 이미 눈치챘겠지만, 뭔가를 특정 기준에 따라 설명하고자 하는 버릇이 선생님의 직업병이다. 학교의 자세한 모습은 직접 글을 읽으면서 파악하면 좋을 것 같다.

자, 여기 교문이 열려 있다. 지금 학교에는 무서운 교장 선생님도 부재중이고, 교내는 평화롭기만 하다. 나는 두서없이 학교의 이곳저곳을 보여줄 것이다. 필요하면 드론처럼 날아올라 학교와 사회를 함께 비추기도 하고, 반대로 시간을 거슬러 아이였던 시절로 돌아가기도 할 예정이다. 운이 좋다면 학교가 호감 가는 미소를 지으며 "안녕하세요? 생각보다 나쁘지는 않죠?" 하면서 말을 걸어올지도 모른다.

그럼, 지금부터 시작하겠습니다.

차례

들어가면서 · 5

1장 교실에서 울고 웃는 초등선생님

죽음의 레이스 · 13 | 저주 인형 · 17 | 군자대로행(君子大路行) · 20 | 프로꾀병러 · 24 | 다이어트 히스테리 · 29 | 나도 마미손 좀 보자 · 32 | 죽음 앞에서 · 36 | 데자뷔 · 39 | 위험한 과학실 · 43 | 유령 선생님 · 46 | 이름을 남기는 습관 · 49 | 진짜 바쁜데 · 51 | 콩나물에 물 준 범인을 찾아라 · 55 | 카르페 디엠 · 60 | 잇솔질 · 63 | 교실과 평화 · 66 | 뜻밖의 깨달음 · 70 | 나만 좋은 거야? · 74 | 슈가 러쉬 · 77 | 잔소리 금지 · 81 | 제정신을 차려야해 · 84

2장 그래도 아이들은 사랑스럽다

그림자 소년 · 91 | 수포자의 오아시스 · 94 | 저세상 유머 · 97 | 말벌 전쟁 · 101 | 벌이 너희를 무서워합니다 · 105 | 곤듀병 · 108 | 금손의 영업비밀 · 111 | 워너원과 손흥민 · 114 | 맥시멀리스트와 미니멀리스트 · 117 | 흑염룡 · 120 | 석탄과 다이아몬드 · 123 | 청소가 뭐 어때서 · 127 | 불가능한 주문 · 131 | 탈의실 생존기 · 136 | 빅맥 · 140 | 마지막 선물 · 143 | BHC치킨 마니아 · 146 | 현대인의 공통점 · 149 | 트리케라톱스는 알고 있다 · 153 | 언택트 연극 · 157

3장 학교라는 직장

지방 인생은 2부 리그가 아니란다 · 163 | 자식 맡긴 부모의 처지 · 166 | 선생님 수능이 뭐예요? · 169 | 준비물로 눈치 보지 않을 권리 · 172 | 마음의 독감은 왜 치료하지 않나요 · 175 | 교사의 일상 흔드는 '스승' · 178 | 아이가 '착해서' 노심초사하는 부모 · 182 | 아이를 조건 없이 믿나요? · 185 | 다문화가정 아이 향한 동정과 혐오의 화살 · 188 | '노는' 아이가 걱정되나요 · 191 | 누구나 유튜버가 될 수는 없잖아요 · 194

4장 교사라는 직업

왜 교대 교육과정에 행정 업무는 빠져 있나 · 199 | 인성 교육도 이벤트가 되는 학교 · 202 | 요번에 성과급 뭐 받았어요? · 205 | 아이들 싸움에 경찰서 가자고요? · 208 | 진짜 '도농 격차'가 뭔지 아세요? · 211 | 도시로 진학하는 학생을 격려하는 슬픔 · 214 | 쓸쓸하고 괴로웠던 신종플루의 기억 · 217 | 그 선생님은 왜 전화번호를 두 개 쓸까 · 220 | 탄소 배출량 7위 국가의 시민으로서 · 223 | 거북이의 소원 · 226

1장

교실에서 울고 웃는 초등선생님

죽음의 레이스

출근길 걱정이 앞섰다. 어제부터 눈이 내렸는데 기온이 영상 5도와 영하 2도를 맴돌았다. 도로가 얼기 딱 좋은 조건이다. 나는 동료 선생님 두 분과 카풀을 한다. 오늘 하필이면 내 차례다. 나의 부주의로 두 사람을 죽게 할 수는 없다. 나는 산골 마을 도계로 출퇴근하며 욕이 늘었다. 원래부터 투덜이지만, 더 심해졌다. 호들갑을 떠는 게 아니다. 출근길을 생각하면 죽음을 떠올릴 수밖에 없는 이유가 있다.

"글쎄 빙판길에서 브레이크가 안 먹혀서 그대로 가드레일 박고 떨어졌잖아."

"커브에서 덤프트럭이랑 충돌해서 즉사했다던데."

출근길의 무대인 38번 국도는 무시무시한 사고담이 끊이지 않는다. 대부분은 실화이며, 인터넷에 검색하면 단신으로 뉴스 기사를 확인할 수도 있다. 나도 도계로 발령받고 일주일간 운전하며 괴담이 과장이 아님을 체감했다. 38번 국도는 아름답지만 위험한 도로다. 백두대간의 산줄기와 그 아래를 타고 흐르는 오십천을 관람할 수 있는 특혜를 누리는 대신, 한눈파는 순간 저

승행이다.

다행히 최근 38번 국도가 재정비되면서 4차선으로 확장되었다. 산 뚫어 만든 터널로 거리가 단축되었고, 커브도 꽤 줄었다. 그러나 군데군데 미개통 구간이 있어 핸들을 꼭 붙들어 매야 한다. 죽음의 향기도 여전히 짙다. 38번 국도 확장 개통식 이후 5일 만에 세 명이 사망했다.

'제발 눈이 오지 않게 해주세요. 기상청 예보가 틀리기를 바랍니다.'

나는 생전 안 하던 기도를 하고 잤다. 그러나 오랜만에 한 기도는 통하지 않았다. 간밤에 눈이 내렸고 3센티미터가 쌓일 거라는 예보와 달리 5센티미터가 쌓였다. 제설팀이 다 치워 놓았다라고 믿으며—이거라도 하지 않으면 불안을 견딜 수 없어서—동료 선생님을 차에 태웠다.

"준수야, 오늘은 지각한다는 생각으로 가자."

나름 초조한 심경을 숨기려 애썼지만 실패했다. 긴장감이 고스란히 전달되었는지 동료들이 저속을 요구했다. 뒷자리에 앉은 Y 선생님은 손잡이를 꽉 잡았다. 비 내리는 동해시에서 출발한 차는 단봉 고개를 넘어 삼척 경계로 진입하는 순간 겨울을 맞이했다. 눈더미에 빛이 반사되어 주변이 환해졌다. 도로는 언 듯 만 듯 애매하게 미끄러웠고, 브레이크를 밟으면 차체가 밀려났다. 엔진 브레이크를 수시로 넣었다.

"슬로, 슬로, 퀵, 퀵."

잔뜩 졸아서 얌전하게 차를 몰았다. 시속 70킬로미터로 정속 주행을 하자, 소나타 한 대가 추월해나갔다. 어쩐지 뒷바퀴가 불안해 보였다. 그런데 5분 뒤 소나타를 다시 만났다. 차는 가드레일에 머리를 박은 채 오일을 흘리고 있었다. 전날 과음한 아저씨가 토사물을 쏟아낸 듯한 모양새였다.

이런 타인의 비극에서 깨달음을 얻지 못하는 사람이 존재했다. BMW 한 대가 느림보들 사이로 요리조리 빠져나갔다. 독일의 차량 기술을 과신하는 듯한 곡예운전이었다. 우리는 다시 5분 뒤 BMW와 마주했다. 비싼 외제차는 용수로에 앞바퀴가 빠져 허우적대고 있었다.

도로에서 두 번의 교훈을 얻은 나는 속도를 70에서 60으로 낮췄다. 거기다 비상등까지 켰다. 이러고 20분을 가도 오늘 같은 날은 다른 차들이 이해해줄 것 같았다. 우리는 평소보다 15분 늦게 학교에 도착했다. 손바닥에 땀이 흥건히 고였다. 머리가 약간 어지러웠다. 여덟 시간 뒤에 이 길을 거슬러 밟아야 한다고 생각하니 아득해졌다.

수업하다 말고 수시로 창밖을 살폈다. 하얀 부스러기가 떨어지고 있었다. 그 부스러기는 심장에 뿌리는 소금처럼 따갑고 쓰라렸다.

나는 눈을 저주했다. 산간 동네는 해가 짧아 기온이 금방 떨어진다. 아침에 눈만 있어 다행이었지, 땅이 얼기라도 하면 정말 곤란하다. 나는 주식 중독자가 모니터를 수시로 확인하듯 일기

예보와 도로 사정을 확인했다. 그런다고 달라지지 않지만, 그렇게라도 해야 불안이 덜어졌다.

담임이 바깥 구경을 하니—사실은 저주를 퍼붓는 중이었지만—아이들도 창가에 나란히 섰다. 운전면허증이 없는 학생 눈에는 눈 내리는 하늘이 퍽 낭만적이었나 보다.

“제발 눈이 쌓였으면 좋겠다. 눈싸움하게.”

“맞아, 눈사람 만들고 싶어. 선생님도 눈사람 좋아하세요?”

“응, 딸이랑 가끔 만들어.”

“저도 좋아해요. 그런데 도계는 눈이 화끈하게 안 와요. 태백은 왕창 온다는데.”

나는 아이들이 기우제 아니, 기설제라도 지낼까 봐 두려워졌다.

“함박눈 내렸으면 좋겠다. 대왕 눈사람 만들게.”

아이들은 해맑은 얼굴로 내게 사형선고를 내렸다. 어제 기도한 게 약간의 쓸모가 있었는지 오후 무렵 눈발이 그쳤다. 집에 돌아와서 딸과 아내에게 도계의 눈 사진을 보여주었다.

“참 곱지?”

내일 눈이 오지 않는다는 기상 예보를 들은 나는 다시 눈을 예뻐할 수 있었다.

저주 인형

대죄를 저지르고 말았다. 사회 수행평가를 하다가 수업 시간을 1분 넘겨버렸다. 이것만 해도 아이들에게 몹쓸 짓인데, 혹시나 해서 아직 못 푼 친구 손 들라고 하니 둘이나 있었다. 애처로운 눈빛에 마음이 약해져 4분을 더 줬다. 진즉 다 끝낸 아이들은 시계를 노려보고, 발을 굴렀다. 지환이는 몸을 배배 꼬다 못해 허리가 끊어질 지경이었다.

쉬는 시간은 겨우 10분. 노는 게 밥인 아이들에게서 쉬는 시간을 빼앗는 건 가혹행위나 마찬가지다. 아이들이 집단으로 팬터마임 공연을 펼쳤다. 주제는 짜증과 분노.

소리 없는 절규 속에 진우 팔이 책상 밖으로 튀어나왔다. 손끝에 고무인형이 매달려 있었다. 얼마나 꽉 쥐었는지 얼굴이 터질 것 같았다. 악력 테스트도 저렇게는 안 했을 것이다. 주먹이 핏기 하나 없이 하얬다.

주인의 원망을 온몸으로 흡수한 인형이 고요한 비명을 내질렀다. 시뻘건 입술 사이로 재앙의 기운이 을씨년스럽게 흘러나왔다. 인형의 저주는 나를 향하고 있었다.

갑자기 등이 가려웠다. 기분 탓이 아니라, 진심으로 가렵기 시작했다. 머릿속에 한 단어가 떠올랐다. 저주성 피부 알레르기. 그건 진우 혼자만의 힘으로는 불가능하다. 어둠의 그림자가 솟아올랐다. 허공에 떠도는 스무 명의 저주가 엉겨 붙어 지독한 주문을 퍼부었다. 나는 가위에 눌리듯 저주의 기운을 온몸으로 받아내야 했다. 목이 바싹 타고, 심장이 불규칙하게 뛰었다.

마침내 수행평가가 끝났고, 악몽 같은 4분도 종지부를 찍었다. 저주 의식이 중단되자 알레르기 반응도 멈췄다. 그러나 놀란 심장은 여전히 갈팡질팡했다. 기분을 풀어주지 않으면, 오늘 밤 쉬이 잠자리에 들 수 없으리라는 불길한 예감이 들었다. 나는 직감으로 알 수 있었다.

내 목숨을 구하기 위해 입을 열었다.

"이번에 수업 시간을 4분 초과했기 때문에 다음 수업은 10시 5분에 시작하겠습니다."

성난 민심이 겨우 가라앉았다. 더불어 피부에 달라붙어 있던 사나운 기운이 떨어져나갔다. 진우의 고무인형, 저거 왠지 나도 잘 쓸 수 있을 것 같은 기분이 들었다. 내게도 인형이 필요한 장소가 있다.

나는 고무인형을 하나 사서, 교무 회의실 책상에 올려놓으려 한다. 교장 선생님이 단골 멘트이자 거짓말인 "제가 한 말씀만 더 드리겠습니다."라고 말할 때마다 원망의 에너지가 고무인형에 쌓인다. 모두들 잠자코 듣는 척하지만 속으로는 견디기 힘들어한다. 그렇다고 연공서열 중심의 보수적인 교직 사회에서 누군가가 직접적으로 제지할 수도 없다. 그럴 때 책상 아래로 고무인형을 돌리며 꽉 눌러주는 것이다.

혹시 다들 가방에 하나씩 들고 다니는 건 아니겠지.

군자대로행君子大路行

나는 말이 많다. 수업 시간에 이 얘기 저 얘기 떠들고, 수다도 좋아한다. 그런데 자리가 주어질 때만 입을 연다. 가령 학교에서 담배 태우는 학생을 목격하면 일단 못 피우게 하고, 좋은 말로 다독인 다음 금연 교육을 한다. 협박과 위로, 공감과 비판을 적절히 섞어 아이를 들었다 놓는다. 내게는 그럴 권리와 의무가 있다.

반면 동네에서 나는 그냥 아저씨다. 내가 거주하는 동해시 쇄운동 일대는 아파트촌이다. 초·중·고교가 모여 있어 학생들도 무척 많다. 십 대 청소년은 특징이 뚜렷하다. 다른 사람들이 모두 자신만을 바라본다고 믿는다. 혼자 길을 걸을 때도 주변의 시선을 의식한다. 반면 인정 욕구도 강해서, 센 척에 능하다. 남들이 자기를 쳐다보는 걸 귀찮게 여기면서도 특별한 존재로 대접받고 싶은 것이다. 특히 남학생은 이 욕구 조절에 실패하면 집단행동에 나선다. 그러나 절대 단독으로는 나서지 않는다. 혼자서는 못 할 행동도 무리를 지으면 용기가 생기는지 꼭 몰려다닌다.

"야 불 좀 줘봐."

우리 아파트 입구 쪽 도로에는 큰 소리로 불을 요구하는 남학생 다섯이 출몰한다. 최민수 씨가 감기 걸린 것 같은 목소리로 말하는 게 이 아이들의 특징이다. 나는 이들을 오각형이라고 부른다. 오각형처럼 어깨를 맞대고 담배를 피우기 때문이다. 한 변이 무너지면 죽기라도 하듯 마주 보고 담배를 피운다. 서로의 콧구멍으로 친절하게 연기를 뿜어 주면서.

문제는 오각형이 보도블록 중앙을 차지한다는 점이다. 결코 행인에게 길을 양보하는 법이 없다. 주민들은 불편한 기색을 비치고, 점잖게 타이르기도 한다. 그러나 오각형은 거칠게 침을 뱉는다. 그들은 대화 대신 드라마를 찍는다. 사회가 가하는 압박감을 덜기 위하여 목에 힘을 준다.

"와 씨발! 근데 있잖아, 씨발 담배 존나 맛있네. 씨발!"

씨발이라고 하지 않으면 심장마비로 죽을 것 같아서 어쩔 수 없이 욕하는 사람처럼 보인다. 오각형의 씨발은 다의적이다. 씨발에는 스스로를 존중하지 않는 마음과 0.5밀리그램의 부끄러움, 신고당할지 모른다는 두려움이 손톱만큼 담겨 있다.

"씨발 목 존나 따갑네. 카악 퉤!"

오각형은 속에서 형성되는 불편한 감정을 어떤 식으로든 배설하고야 만다. 오각형의 무게중심에 침이 쌓인다.

욕설은 어차피 말이니까 계속 할 수 있는데 침은 그럴 수 없다. 사람의 체액량은 한계가 있다. 계속 뱉을 수 없다. 그래서인지 첫 침은 묵직한 가래침이지만 갈수록 이 사이로 찍찍 뱉는 방울 침이 된다.

나는 종종 오각형과 마주친다. 딸과 함께 편의점에 우유 사러 가면서도 한 번 만났다. 녀석들은 나를 흘끗 보고 오각형의 무게중심에 침을 뱉었다. 알아서 꺼지라는 메시지 같았다.

"고양이 똥이나 밟아라."

라고 속삭이면서, 침착하게 건너편으로 건너갔다. 딸의 손을 꼭 잡았다. 나는 침묵은 금이라는 격언을 지켰다.

"아유 담배 냄새. 아빠 나쁜 사람들이야."

"응 맞아."

"아빠 뭐라고? 안 들려."

길을 건너왔건만, 내 목소리는 여전히 작다. 물속 장구벌레 같다. 나는 편의점에 들어와서야,

"맞아, 나쁜 오빠들이야. 가까이 가면 안 돼."

라고 말한다. 최근에 우연히 아파트 같은 동에 사는 선생님을 만났다. 오각형 얘기를 했더니 대번에 맞장구를 쳤다.

"나도 걔들 피해 다녀. 까딱하다가 시비 붙어서 싸움 나면 어떡하려고."

"그쵸? 괜히 일 키울 필요 없으니까요."

"준수 샘, 왜 옛말에 군자는 대로행이라는지 알아?"

"군자는 대의를 따른다 이런 뜻 아니에요?"

"틀렸어. 군자는 공부만 하느라 싸움을 못 하잖아. 그러니 큰 길로 가라는 거야. 골목 다니다가 깡패 만나면 얻어터진다고."

피식, 웬만한 아재 개그에 단련이 되어 있다고 생각했는데, 이건 너무 슬퍼서 반응하지 않을 수가 없다.

프로 꾀병러

아이들은 때때로 아프다. 감기에 쉽게 걸리고, 잘 넘어진다. 학습을 이어갈 수 없을 만큼 아픈 날도 있는데, 그럴 때는 쉬어야 한다. 십 년 차 교사는 휴식이 필요한 학생을 금방 가려낼 수 있다. 아이들의 몸은 정직하다. 병세가 즉각적이다. 기침이 잦고, 안색이 어두우며, 열이 오른다. 이런 징후가 보이면 내가 먼저 보호자에게 전화를 건다. 진짜 아프면 대개 가정에서도 이를 인지하고 있다. 그럼 나는 아이 가방을 챙겨 집에 보낸다.

그런데 콜록거리며 귀가하는 친구를 부러워하는 아이가 있다. 바로 꾀병러다. 초등학생의 꾀병을 우습게 보면 안 된다. 꾀병은 하나의 기술이자 기예다. 수준차가 엄연히 존재하며 프로의 경우 상당한 전문성을 보여준다. 대화 장면을 살펴보면서 속내를 분석해보자.

꾀병러: 저 아픈 것 같지 않아요?(선생님 저, 조퇴시켜 주세요.)

나: 보건실에서 좀 누워 있을까?(네 작전은 이미 간파되었다. 조퇴는 차

단하마.)

꾀병러: 아니 그건 아닌 거 같고, 그냥 몸이 많이 안 좋아서요.(조퇴를 시켜 달라고요!)

나: 그럼 책상에 조금 엎드려 있을래?(용기는 가상하나, 나에게 통하지 않는단다.)

꾀병러: 조금 있다가 다시 올게요.(새 작전 짜서 올 테니 여기서 대기하세요.)

꾀병러를 상대할 때는 마음을 호수 표면처럼 담담하게 유지해야 한다. 감정 표현을 과하게 하거나 화려한 언변으로 상대를 제압하려 들면 안 된다. 꾀병러는 유연하기가 물과 같아서 손아귀에 움켜쥐려 해 봐야 내 옷만 젖는다.

꾀병러 중 70% 이상이 1차 단계에서 조퇴를 단념한다. 실패해도 본전이라는 심리로 시도하는 경우가 태반이므로 포기가 빠르다. 그런데 가끔 하드코어 모드에 도전하는 프로 꾀병러가 출현한다. 프로가 뜨면 사방에서 적색경보가 울린다. 마음을 단단히 먹어야 생존할 수 있다.

프로 꾀병러: (눈물을 찔끔 보이며) 저 공부 못 하겠어요…(당장 나를 교실 밖으로 보내줘요.)

나: 어디 많이 아파? 보건실 다녀올래?(갑작스러운 표정변화가 일품이군. 배우해도 되겠다.)

프로 꾀병러: 병원 가야 할 것 같아요.(이번 전쟁은 제가 주도권을 잡겠어요.)

나: 언제부터 몸이 안 좋았어?(어디서 약을 팔아, 사실관계 확인 들어간다.)

프로 꾀병러: 음, 어제부터요.(오늘부터라고 할 수는 없잖아요.)

나: 집에 전화를 드려 볼래? 집이 비어 있을 수 있으니 여쭤보고 조퇴하는 건 어때?(부모님 교차 검증을 먼저 해보자. 혹시 모르니까.)

프로 꾀병러: 네, 우리 엄마는 무조건 된다고 할 거예요.(아싸, 게임 끝. 엄마는 나한테 못 이겨요. 있다가 피씨방 가야지. 헤헷!)

나: 응, 전화해 봐.(학부모님 현명한 판단 부탁드립니다.)

프로꾀병러는 득의양양한 얼굴로 통화를 하고 있다. 가짜 통화 같지는 않다.

나: 어떻게 됐니?(통화할 때의 거만한 얼굴은 어디 가고, 내 앞이라고 다시 여름날 이파리처럼 시들었네.)

프로 꾀병러: 조퇴하래요.(내가 우리 집의 왕이라니까요!)

나: 그래, 푹 쉬고 내일 건강한 모습으로 보자.(내가 졌다. 이 녀석은 꾀병이 자기 발목 잡는 줄도 모르겠지.)

이날은 내가 졌다. 프로 꾀병러를 상대로 나의 승률은 절반이다.

또 한 명의 꾀병러가 있다. A군은 우리 반 대표 꾀병러다. 나는 속으로 A프로라고 부른다. 오늘은 내가 A에게 승리를 거둔 날인데, A프로가 아이스팩을 손목에 차고 등장하면서 심리전이 시작되었다.

A프로: 아악! 으아아악!(일단, 괴성으로 기선 제압하며 전투 개시합니다.)

나: 괜찮아? 많이 아파?(이거 장난 아닌데. 실감 나. 꾀병이 아닐지도 모르겠어.)

A프로: 선생님, 아까 피구 하다가 손목 삐어서 보건실에 갔는데요.(선생님이 증빙 요구할까 봐 벌써 알리바이 깔아 놨다고요.)

나: 응, 저런.(병원 가야 하는 거 아닌가? 일단, 들어보자.)

A프로: 보건 선생님께서 아이스팩을 주셔서 얼음찜질하고 있어요. 그런데 자꾸 흘러내려서 공부에 집중할 수가 없어요. 물기가 종이에 흡수되어서 글씨도 못 쓰겠고.(우하하하하 내가 생각해도 몹시 논리적이군. 선생님, 앞뒤가 딱딱 맞지 않나요?)

나: 흠, 아이스팩이 흘러내리다니 심각한 문제구나.(뭐야? 예상보다 근거가 약하잖아. 아이스팩 핑계를 대는 걸 보니 다행히 몸은 멀쩡하네. 그러나 너의 실책 놓치지 않겠다.)

A프로: 그렇죠? 병원에 가서 정식으로 붕대 감고 치료받아야겠어요. 우힛.

나는 종이테이프를 꺼낸다. 아이스팩을 A군 손목에 단단히 고정한다. 네 번이나 동여맸더니 아무리 손을 털어도 아이스팩은 요지부동이다.

A프로: 어, 이럴 수 있나.(예상 밖이라 난감하군. 아이스팩이 움직여야 정상인데.)

나: 고정 잘 되었으니까 손목 조심하고. 혹시 중간에 풀리면 다시 와.(너의 전략을 역이용했다. A프로, 방심은 금물이란다.)

결국 A프로는 발을 질질 끌며 자리로 돌아갔다. 패배를 직감했는지, 뒤통수가 시무룩했다. 실패한 조퇴 작전보다도, 허술하게 행동한 자신에게 화가 난 것 같았다. 3분 뒤, A프로는 실패를 깨끗이 잊어버리고 정후와 아이스팩을 던지며 놀았다.

작은 패배에 연연하지 않는 A프로에게 감탄해버린 나는 진지하게 조퇴를 고민했다. 2주째 중이염이 낫지 않아 귀가 아팠다. 그런데 요즘 윗선에서 직원의 조퇴에 민감하다. 중이염은 겉으로 봐서는 결코 증상의 심각성을 알 수 없는 질병이라 나는 상부의 눈치를 보는 중이었다. 혹시 아이스팩을 챙겨 가면 효과가 있지 않을까? 그거라도 대고 있으면 아픈 상태를 강화할 수 있을 것 같았다. 귀가 부은 효과도 주면서.

나는 보건실에 가서 아이스팩 하나를 받았다. A프로의 기술은 교무실에서도 주효했고, 결국 이비인후과에 다녀올 수 있었다. 프로는 역시 프로다.

다이어트 히스테리

삼십 대 중반이 되니 체형 관리가 어렵다. 여태 경험해보지 못한 몸의 변화다. 나는 20년 가까이 체형을 유지하고 있다. 키 182센티미터에 몸무게 79킬로그램 내외. 중학교 3학년 이후 거의 변하지 않았다.

나는 먹는 걸 좋아해서 충분히 먹고, 적당히 운동하며 십수 년을 스트레스 없이 살았다. 때로는 먹는 양에 비해 살이 덜 찐다고 좋아하기도 했다. 그러나 육아를 하면서 활동량이 줄고, 아이들이 남긴 밥을 아깝다고 긁어 먹다 보니 살이 붙었다. 안타깝게도 살은 예전만큼 쉽게 빠지지 않았다.

곤란했다. 탄탄한 몸이 은근한 자부심이었는데 어쩌다 맘모스빵의 틈새를 메우는 생크림처럼 살이 쩌버린 걸까. 성형이나 특순 분장으로 군살을 모두 없애버리거나 가리고 싶다. 우리 반 지수라면 혹시 가능하지 않을까?

지수는 특수 분장의 대가다. 간단한 도구로 감쪽같은 효과를 낸다. 오늘은 지수 손에 피가 나길래

"얼른 보건실 다녀와."

했더니 지수가 깔깔 웃었다.

"이게 피로 보이세요? 호호호."

손목 위를 타고 흐르던 시뻘건 선혈은 염색한 목공풀이다. 지수는 나를 속인 게 통쾌했는지 춤까지 췄다. 저 난리를 치는데도 피는 떨어지지 않고 손등에 얌전히 붙어 있다.

"분장 필요하신 분 오세요. 이백 원에 해드립니다."

지수는 프로답게 재능을 돈 받고 팔았다. 단, 돈값이 생각나지 않도록 깔끔하게 처리했다. 나는 그런 프로페셔널함이 좋았다. 돈 받고 팔 정도의 자신감은 있어야 나중에 어디 가서 명함이라도 내밀 수 있다. 분장하며 행복해하는 지수를 보고 있으면, 정말로 이 분야로 진출해서 먹고살 수 있겠다는 생각이 든다.

"선생님도 뭐 해드릴까요? 백 원 깎아드릴게요."

나는 문득 뱃살이 떠올라서 무리수를 던졌다.

"혹시 어벤져스 토르는 어떻게 안 될까? 근육질로."

지수가 0.1초 만에 대답했다.

"푸하하하. 그건 CG 써야죠."

최소한의 망설임도 없는 말투. 나는 약간 상처받았다. 그러나 아무렇지 않은 듯 고개를 돌렸다. 살이 찌니까 표정이 살에 묻혀서 포커페이스가 더 간단했다.

그런데 어쩐지 기분이 심드렁해졌다. 왕소갈딱지 담임. 퇴근 후 체중계에 올라서고 나서야, 내가 다이어트 실패에 따른 히스테리를 부렸다는 걸 인정할 수 있었다. 특수 분장은 일시적 눈속임일 뿐 근본적인 대책이 될 수 없다. 지수야 진상고객처럼 굴었던 것 사과할게.

나도 마미손 좀 보자

사람은 여러 개의 가면을 쓴다. 장소에 따라, 역할에 따라 가면을 바꿔 쓴다. 사회생활이 다 그런 것 아니겠는가. 나는 학교에서 선생님 가면을 착용한다. 선생님 가면의 효과는 대단하다. 인내심이 강해지고, 차분해지며, 절제력도 향상된다. 그런데 오늘은 문제가 생겼는지 좀처럼 선생님 가면을 쓰고 있을 수 없었다.

'요새 마미손 노래가 화제라는데, 뮤직비디오 보고 싶네.'

맥주도 안 마시고, 밤도 아닌데 몸이 이상했다. 이러면 안 되는 줄 알면서도 충동이 가시질 않았다. 1교시 만에 본능이 꿈틀거렸다.

오전 9시 51분, 막 1교시를 끝낸 시각.

텔레비전을 껐다. 문장의 짜임을 설명하던 국어 수업 화면이 암흑 속으로 사라졌다. 가방에서 슬그머니 이어폰을 꺼냈다. 내게 주어진 시간은 9분. 마미손의 〈소년점프〉 뮤직비디오를 시청하기에 충분한 시간이다.

유튜브를 띄웠다. 〈소년점프〉 오피셜 뮤직비디오를 찾는 건 어렵지 않았다. 인기 영상이라 상단에 바로 있었다. 2018년 11월 7일 오전 10시 기준, 〈소년점프〉 조회 수는 2천 6백만이 조금 넘었다. 영상을 재생하기 전부터 부러워진다. 얘는 이걸로 내 월급 몇 배를 벌었을까.

구겨진 자존심을 반영하듯, 인터넷 브라우저 창을 조그맣게 짜부라뜨렸다. 혹시라도 들키면 안 된다. 모니터 구석에 박아 두어야 아이들에게 발각될 확률이 줄어든다. 고개를 들어 교실을 흘끗 스캔한다. 특별히 나를 의식하는 낌새는 없다.

이어폰을 귀에 꽂았다. 〈소년점프〉는 학교에서 절대 스피커로 들을 수 없는 곡이다.

"와 나 시X 이거 완전히 X됐네 제대로 빡세게 대X리 깸"

19금 가사를 공개적으로 틀 용기가 없다. 그래서도 안 되고. 아무리 선생님 가면을 잃어버렸다고 하나 나는 처자식이 있는 몸이다. 노래 한 곡 듣자고 생존의 위협까지 감수하는 바보는 아니다. 드디어 뮤직비디오 시작.

가스레인지에 불 켜는 장면과 함께 사운드가 귓속에 쌓인다.

'어떤 노래길래 세상이 이렇게 시끄럽나 들어나 보자. 매드클라운이라며?'

흠, 시작이 괜찮다.

"폭염에 복면 쓰고 불구덩이에 처박힌 내 기분을 니들이 알아?"

오! 몸이 제멋대로 리듬을 탄다. 가사가 쏙쏙 귀에 박힌다.

'좋네. 쉬는 시간에 이어폰 끼고 모니터 구석에 처박힌 뮤비 보는 기분을 니들이 알아?'

망나니 가면을 쓴 주쟁뱅이처럼 거친 생각이 폭발한다. 몸의 회로 어딘가가 망가진 기분이다. 그러면서도 안전장치 차원에서 몸을 벌레처럼 웅크렸다. 애들한테 들키지 않으려면 이러는 편이 최선이다. 은밀한 즐거움은 계속되어야 한다. 자세가 다소 굴욕적이어도 괜찮다. 이 순간의 쾌감은 그럴 만한 가치가 있다.

"이 만화에서 주인공은 절대 죽지 않아. 계획대로 되고 있어. OK."

그런데 갑자기 왜 닭살이 돋는 걸까? 가사가 들리지 않았다. 마미손 목소리가 뭉개지고 노이즈가 심해졌다. 귀에 갑자기 이상이 생긴 건 아닐 텐데, 뭔가 심상치 않은 느낌이 들었다.

불길한 예감이 목덜미를 스쳤다. 몸을 틀어 뒤를 보았다. 벽장에 몰래 숨겨놓은 훈장의 꿀단지를 발견이라도 한 듯 아이들이 집단으로 노래를 부르고 있었다.

"으악!"

도대체 언제 온 거야. 포복이라도 했단 말인가. 체육 수행평가로 뒷구르기 하라고 할 때는 얌전을 빼더니. 땀이 삐질삐질 나고 거대한 압박감이 목구멍을 틀어막았다.

'폭염에 복면 쓰고 불구덩이에 처박힌 기분이 이런 거구나.'

나는 알트 키와 탭 키를 동시에 눌러 화면을 내렸다. 그러거나 말거나 선생님 놀리는 재미로 가득 찬 노랫소리가 복도를 지나 가던 옆 반 아이마저 붙잡았다. 아니, 어떻게 이 복잡한 노래를 다 외우고 있는 거지?

“소년 점프! 소년 점프! 가자.”

하아, 식은땀이 등줄기를 타고 흐른다.

“우주는 겁나게 크고 난 우주의 XX!”

제발 그만해 부탁할게, 내가 잘못했어. 노래가 끝날 무렵에는 너덜너덜해진 선생님 가면이 이미 얼굴에 씌워져 있었다. 오늘 하루는 선생님 가면을 함부로 벗지 말라는 운명의 경고였다.

죽음 앞에서

나는 죽음이 두렵다. 죽으면 모든 게 사라진다. 사람은 다양한 이유로 죽는다. 우리는 대한민국 사람의 평균 수명을 알지만, 나 자신의 운명은 확신할 수 없다. 나는 아픈데도 출근하고, 꾸역꾸역 저축한다. 그렇게 배웠기 때문에 의심 없이 열심히 산다. 그런데 가끔 현실 자각 타임이 온다.

내가 무얼 바라고 이렇게 사는 거지?

이럴 때는 버킷리스트를 작성한다. 언어로 정리해두지 않으면 내가 뭘 좋아하는지, 무엇을 바라는지 모른다. 그런 의미에서 버킷리스트 작성은 빠를수록 좋을지도 모른다. 열한 살도 괜찮다. 죽음은 젊음과 늙음을 가리지 않으니까.

나는 열아홉에 대학에서 처음 버킷리스트를 작성했다. 내가 원하는 건 두 가지였다. 영혼의 단짝을 만나 진하게 사랑하고 싶었고, 세계 여러 곳을 다니고 싶었다. 소원은 모두 이루어졌다. 모두 실컷 했다. 버킷리스트에 적고 나니 그렇게 살아야 한다는 의지가 따라붙었다.

그럼 십 년 정도 산 초등학생은 무엇을 소망할까. 오늘은 아이들 버킷리스트를 받았다. 처음에는 열 가지 소망을 적으라고 했는데, 너무 많다고 해서 다섯 개로 줄였다. 남자애들은 5분 만에 제출했다. 실컷 게임 하기, 부자 되기 따위가 대부분이었다. 어쩜 어른과 그리 같은지 소름이 끼친다.

여학생은 어떨까? 적어도 남자애들보다는 고상한 목표가 적혀 있을 것 같았다. 버킷리스트 더미에서 서너 개를 집어 올렸다.

'어디 보자, 신영이는 살 빼기(2킬로그램). 꽤나 구체적이구나. 소망은 구체적일수록 좋지. 효민이도 살 빼기, 얘는 3킬로그램이네. 이 녀석들이 선생님 놀리기로 모의했나. 민희는 어… 살 빼기. 이럴 리가 없는데. 소원이도 살 빼기. 5킬로그램이라니 과감하군.'

의혹과 놀람 속에 여학생 버킷리스트를 모두 검토했다. 버킷리스트를 카이사르 식으로 정리하자면,

"태어났노라, 살을 빼겠노라, 이번에는 빼겠노라."

로 요약할 수 있었다. 다이어트는 진지한 삶의 고뇌이자, 당면한 현실 과제였다. 그 순간 나는 어떤 강렬한 영감을 받았다. 훌륭한 교사는 제자들의 앞날에 조언을 들려줄 수 있어야 한다. 인간이 AI로 대체되는 노동 현실 앞에서 미래는 암울하다. 그러나 여학생의 버킷리스트를 보면서 확신했다. 다이어트로 대표되는 미용 산업이야말로 무한한 부의 원천이라고.

어떻게 하면 한밑천 잡게 만들어줄 수 있을까. 내 머리는 온통 돈 생각으로 가득 찼다. 그러다 문득 칠판에 적어 둔 글씨가 눈에 들어왔다.

'버킷리스트 만들기—죽기 전에 꼭 해보고 싶은 것들'

아, 맞다. 죽으면 돈이고 뭐고 아무 소용이 없으니까 버킷리스트지. 세속에 찌든 뷰티 산업 아이디어는 잊어버리고, 그냥 바라는 대로 살이나 빼자. 아니, 나도 끼워 줘. 꽤 심각하거든.

데자뷔

나는 잠이 많다. 아무 데서나 머리 붙이고 눈 감으면 잔다. 잠은 꿈꾸는 행위를 동반한다. 그 탓인지, 환상과 실재가 자주 뒤섞인다. 남들은 데자뷔 현상을 드물게 겪지만, 나는 꽤 높은 빈도로 경험한다.

어, 저번에 와본 곳 같은데. 이거 해본 것 같은데.

하지만 그런 느낌 대부분은 그저 착각이다. 내가 남들과 여러 면에서 다르다는 것을 안다. 하지만 티 나게 당황하거나, 떠벌리지만 않으면 적어도 겉으로는 평온한 사회생활을 유지할 수 있다. 어떤 면에서 데자뷔는 시간을 확장하는 효과가 있다. 인생을 두 번 살 수 있게 해주기 때문이다. 같은 행위를 반복한다는 게 문제이긴 하지만.

또 다른 곤란함도 있다. 보통 한 번 실수하면 다음번에는 과거의 부족함을 보완하여 실수를 줄이는 게 일반적이다. 그러나 나의 경우 그렇지가 않다. 똑같은 실수를 두 번 하고, 두 번 놀란다. 조금 전에 밥 먹은 걸 까먹고 또 먹고, 또 먹다가 소화용

량 초과로 죽은 금붕어와 다름없다. 보드게임 건전지만 해도 그렇다.

"선생님, 건전지 주문하셨어요?"

시작은 보름 전이었다. 아이들이 에어하키 건전지를 교체해 달라고 세 번이나 요청했다. 그러다 내가 자꾸 건전지 교체를 까먹자, 급기야는 단체로 와서 시위를 했다.

'후— 보드게임을 사주는 게 아니었는데.'

나의 게으름을 반성하는 대신, 처음부터 보드게임을 사주지 말았어야 했다고 투덜거렸다. 지난 달인가, 아이들이 보드게임을 사달라고 졸랐다. 옆 반은 다섯 개나 있다나. 뭐 그런 거로 부러워하냐고 돌려보냈지만, 이후로도 자꾸 생각이 났다. 옆 반에 질 수 없지. 끝내주는 물건 하나 들여와서 보란 듯이 자랑하는 거야! 네이버 검색을 돌렸다. 판매량 순으로 훑어보다가 적당한 물건을 발견했다.

에어하키.

예전에 오락실에서 500원 넣고 해본 적 있는 게임이었다. 속도감 있고, 손맛도 꽤 짜릿했지 아마. 나는 사비로 결제했다. 이건 혼자만의 진지한 싸움이었다. 옆 반 선생님은 꿈에도 모르는.

첫날부터 아이들이 줄을 섰다. 중국산 3만 원짜리 보드게임은 제 가격의 세 배 역할을 했다. 아이들이 한창 게임에 빠졌을 때 선풍기의 건전지가 나갔다. 딱 열흘 만에. 게임의 재미가 급감했다. 나는 애꿎은 중국을 탓했다. 에어하키 판에는 일정한 간격으로 구멍이 뚫려 있는데, 이 사이로 바람이 나온다. 판 아래 있는 선풍기가 날개를 돌려, 하키 퍽을 띄워준다. 그러면 퍽이 얼음 위를 미끄러지듯 날아다닌다. 에어하키의 재미는 마찰력과 반비례한다.

선풍기가 꺼지자 에어하키 인기도 식어버렸다. 그런데도 건망증 심한 담임은 건전지 사는 걸 잊어버렸고, 결국 이 사태까지 오게 되었다. 나는 옆 반에 질 수 없다는 절박함을 몸에 새겨, 건전지를 잊지 않도록 애썼다. 과연 경쟁심 전략은 효과가 있어서 출근길에 건전지를 살 수 있었다.

선풍기에는 AA 사이즈 건전지 세 개가 들어간다. 두 팩을 까서 날개로 세 개를 넣었더니 한 개가 남았다. 이걸 잘 보관해야겠다고 생각했다. 그러면 다음 교체 시기가 되었을 때 한 팩만 뜯어도 된다.

'으흠, 어디다 놓으면 적당할까. 그래, 1층 서랍 학용품 바구니가 무난하겠다. 너무 눈에 띄어 지저분하지도, 잃어버릴 염려도 없겠군.'

손잡이를 끝까지 당겨 서랍을 열었다. 안쪽 깊숙한 곳에서 노란색 바구니가 모습을 드러냈다. 그런데 기대치 않은 물건이 딸려 나왔다.

에너자이저 낱개 한 개와 듀라셀 낱개 한 개.

언젠가 내가 넣어둔 건전지가 틀림없지만, 전혀 기억이 나지 않았다. 어쩌면 과거에 근무했던 강릉 P초교나 삼척 J초교에서 쓰다 남은 건전지일 수도 있다. 나라는 인간은 하나도 변한 게 없었다. 건전지 보관이라고 하면 여전히 노란색 바구니밖에 떠올리지 못하는 외골수. 어쩌면 몇 년 전에도 바구니에 있는 듀라셀을 보면서,

"이게 왜 여기서 나와?"

하고 뒤통수를 긁었을지 모른다. 이제 서랍에는 건전지 세 개가 나란히 누워 있다.

'제발 기억하자. 건전지가 서랍에 있다. 노란 바구니에 있다.'

거듭 다짐하며 서랍을 닫는다. 몇 번째 다짐일까. 이게 내 최선이다. 데자뷔가 세 번 찾아와도 어쩔 수 없다. 나는 그렇게 생겨 먹은 것이다. 집에 와서 이 사건을 아내에게 들려주었다.

"니체가 그랬잖아. 인생은 영원회귀하는 거라고. 오늘 일도 과거의 나와 더 과거의 내가 반복해서 저질렀던 실책이 아닐까?"

아내는 내 어깨를 조용히 두드리며 말했다.

"자기야, 포장하지 마. 그냥 자기가 잘 까먹는 거야. 그래도 나는 자기 사랑하는 거 알지? 이것만 안 까먹으면 돼."

칭찬이야, 방구야. 기분이 좋았다가 나빴다가 영원의 쳇바퀴를 돈다. 아내는 웃을지, 화낼지 고심하는 내 모습을 좋아한다. 잠깐, 이 장면도 어디서 봤다. 난처한 심정까지 완전히 똑같다. 그런데 정확히 언제인지 특정할 수가 없다. 데자뷔가 시작되었다.

위험한 과학실

학생이 빠져나간 과학실에 혼자 남아 바닥을 쓴다. 그렇게 자기 자리 치우고 가라 했는데 다들 엉덩이만 내뺐다. 약은 녀석들. 쉬는 시간 10분 중 5분이 사라진다. 의자를 옮길 때마다 칠판 긁는 소리가 난다. 이 소리 진짜 싫어하는데 의자를 옮기지 않을 도리가 없다. 심장에 쩌저적 금이 간다.

'무슨 의자가 이렇게 거칠어. 애들 물건은 양품으로 사주지.'

문득 과학실을 둘러보는데 책상 배치가 마음에 들지 않는다. 시간도 없는데 무리수를 둔다. 책상을 옮겨 육각형을 만든다. 만족스럽다. 이제 교실로 올라가면 된다. 힘들지만 보람 있었다. 그런데 전등 스위치를 찾다가, 발을 헛디뎌 뒤로 나자빠졌다.

"으악!"

해골이 나를 내려다보며 웃고 있다. 도대체 오장육부는 왜 다 드러내 놓는 거야. 과학실은 전통적으로 사람 혼을 빼놓는 재주가 있다. 한 가지 실수를 저질렀다. 나도 모르게 비속어를 내뱉었다.

"와 씨!"

평정심이 돌아오자 잊고 있었던 사실이 떠오른다. 과학실은 1학년 학생들과 복도를 공유한다는 것.

복도 쪽으로 고개를 빼꼼 내민다. 저학년은 호기심이 많아 활동반경이 넓다. 설마 내 목소리를 들은 건 아니겠지? 다행히 복도는 조용하다. 운이 따랐다. 나는 과학실 문을 닫은 후 두세 걸음을 내딛다 말고 몸을 튼다.

'혹시 빠뜨린 건 없나?'

다시 확인한 과학실은 괜찮았다. 갑자기 해골이 괘씸해져서 가까이 가본다.

"푸핫!"

자세히 보니 해골이 입술이 빨갛다. 누군가 립스틱을 바른 것이다. 나는 아이들이 과학실 청소를 빼먹고 어떤 장난을 했는지 퍼뜩 알아차릴 수 있었다. 그나저나 학교 규칙상으로 틴트까지만 허용했는데 누가 립스틱을 가져왔을까. 나는 요즘 여학생과 화장 문제로 줄다리기 중이다(규칙을 학생회의에서 정했다는 점은 아이러니).

오늘 아침에도 한 아이가 시뻘겋게 입술을 칠했길래, 립스틱 출처를 물었더니 도끼눈을 뜨고 날 쳐다보았다.

"틴트예요. 설마 저 의심하시는 거예요?"

째릿! 같은 무리의 여학생들이 억울함과 분노를 300% 증폭하여 나를 째려보았다. 혹시 해골 립스틱은 나를 향한 경고의 메세

지인 걸까.

그런데 해골도 자꾸 보니까 귀엽다. 특히 자세가 압권이다. 표정하며, 두 손을 골반 앞에 살포시 모은 자태를 보라. 아니 잠깐, 이 자세는 박지윤의 명곡 〈성인식〉 메인 안무와 같다. 2007년생 어린이가 추억의 탑골 가요를 어떻게 아는 거지? 나 왕년에 박지윤 팬이었는데. 기억 속 안무를 끄집어내어 춰본다. 거구의 남자가 수줍게.

"그대여 뭘 망설이나요~ 그대 원하고 있죠~"

"꺅!"

1학년 아이가 비명을 지르며 달아났다. 언제부터 와 있었던 걸까. "와 씨!"보다 훨씬 비참하고, 위험한 걸 보여주고 말았다.

유령 선생님

금요일 오후의 교실은 따뜻하다. 날씨나 계절과 무관하게 따스한 느낌이 난다. 무사히 일주일을 보내고 마침내 안식을 맞이하는 자의 느긋함이 공기에 묻어난다. 성인은 불타는 금요일이라고 하지만, 아이들은 금요일을 포근하게 데운다.

나는 시간표를 짤 때 금요일 오후에는 교과를 집어넣지 않는다. 영화도 보고, 토론도 하고, 그림책도 읽으려면 창의적 체험활동이 그 자리에 있어야 한다. 오늘은 한 해 동안 읽은 그림책을 한데 모아 이야기를 나눴다. 펼쳐놓고 보니 올해 그림책을 많이도 읽었다.

노예의 삶을 살았던 헨리, 별이 되고 싶었던 가로등, 용의 등을 타고 마법의 성에 다녀온 올란도를 책 안에서 만났다. 『그래서 모든 게 달라졌어요!』의 콩돌이와 콩아가 없었더라면 지루한 수식들이 울렁대는 나눗셈 단원은 얼마나 힘들었을까.

그림책은 아이들이 좋아해서 읽기도 하지만 나를 위한 휴식처이기도 하다. 그림책을 읽을 때면 느슨해지는 나의 변화를 아는 것인지, 내가 빡빡하게 군다 싶으면 아이들은 은근슬쩍 그림책을 권한다.

"선생님, 우리 수업 안 하고 그냥 그림책 읽으면 안 돼요?"

"수학 익힘책 못 한 건 어떻게 하고."

"집에서 해 올게요. 제발요."

솔깃한 제안이다. 금요일은 선생님도 수업하기가 싫다. 나는 멈칫하고, 고민에 빠진다. 아이들은 이 순간을 놓치지 않는다.

"그림책! 그림책!"

"좋아. 그럼 40분 같은 25분짜리 수업하고, 얼른 책 읽자!"

"결국은 진도 다 나간다는 거네요."

"어허, 그 시간에 문제 풀겠다."

말 빠르기가 1.5배속으로 증가한다. 공모자인 아이들도 귀를 1.5배 더 쫑긋거린다. 참기름 짜내듯 수업을 압축하여 15분 일찍 끝내고 백희나의 『알사탕』을 읽는다. 목소리를 가다듬는다.

"혼자 노는 것도 나쁘지 않다. 친구들은 구슬치기가 얼마나 재미있는지 모른다. 만날 자기들끼리만 논다. 그래서 그냥 혼자 놀기로 했다."

그림책을 소리 내어 읽으면 참 좋은 게 있다. 거저 수업하는 느낌이 난다. 나는 목소리만 빌려주고, 수업은 작가가 대신해주는 것이다. 공짜로 모셔온 특강 선생님이라고나 할까. 우리 반에는 특강 선생님이 여럿 있다. 앤서니 브라운, 백희나, 피터 H. 레이놀즈, 안녕달, 존 버닝햄…. 그 밖에도 많다. 도서관에 가면 한

무더기로 있다. 어떤 분은 돌아가셨는데, 가끔 부활해서 우리 반에 오신다.

어떤 사람은 죽어서도 사람을 가르치는 재주가 있다. 나도 가르치는 게 좋아서 교사가 되었다. 학교밥 먹은 지 십 년이 넘었지만 수업하는 건 지겹지 않다. 게으른 내가 끝끝내 글쓰기를 놓지 못하는 건 그림책 작가처럼 오래도록 아이들을 만나고 싶어서인지도 모르겠다. 그런데 나의 은밀한 소망을 제자에게 밝혀서는 안 된다. 안 그래도 공부가 힘들어 죽겠는데, 죽어서도 쫓아와 글로 아이들을 가르치겠다는 담임이라니! 할로윈 밤에 등장한다면 공포 순위 상위권을 차지할 것이다. 이는 철저히 숨겨야 한다. 설령 그것이 진실이라 하더라도.

이름을 남기는 습관

어른은 중요한 문서에만 서명을 남기지만 아이들은 어디든 이름을 쉽게 쓴다. 실내화에도, 가방에도, 연필에도 이름을 적는다. 펜으로 적기 곤란한 경우 아예 스티커를 제작해 붙인다. 물건에 붙은 이름을 일일이 확인하면서 자신의 존재를 확인하는 것만 같다.

그런데 이름 적는 행위도 양극화가 뚜렷해서, 잘 적는 사람은 많이 적고 안 적는 사람은 좀처럼 적지 않는다. 경험상, 이름을 잘 적는 아이들이 학교생활을 열심히 하는 경우가 많다. 자기관리를 꾸준히 하고, 수업도 경청할 확률이 높다.

우리 반 소원이가 딱 그런 케이스다. 소원이는 자기 물건에 꼭 이름을 적는다. 어쩌다 이름이 안 보인다 싶으면 바닥에라도 있다. 이름값을 하려는지 소원이는 뭐든 열심이다. 오늘도 남들이 중간에 내버려두고 간 원통 비행기를 가위로 끝까지 다듬다가 갔다. 소원이 이름이 적힌 보고서, 그림, 편지는 어지간히 다 좋다. 소원은 빌기만 한다고 이루어지는 게 아니라 소원이처럼 이름값을 하려고 노력해야 이루어진다.

나는 이름이 준수이다. 규칙 준수, 태도 준수 할 때 그 준수는 아니고 한자로 '준걸 준'을 쓴다. 부모님께서 지은 이름이다. 나는 어릴 적부터 이름에 담긴 뜻을 거듭 들었다. 그 때문인지 이름에 부끄럽지 않게 살아야 한다는 의무감이 있다. 부담스럽지 않을 정도로.

그런데 친구 중에 우주가 있다. 나는 가끔 우주의 인생을 생각한다. 우주는 자기 이름을 어떻게 받아들일까. 압박감은 없을까? 이런 의문을 잠시 가져보면 멍해진다. 곧 광활한 우주의 고요가 찾아든다. 죽음 후에 찾아가게 될 별들의 고향이 마음속에 그려진다. 종국에는 선의 경지에 다다르게 된다. 우주는 스트레스 받을 때 자기 이름을 들여다보면 될 것 같다. 확실히 명상 효과가 있다.

나는 이름을 잘 적지 않는 아이들에게 이름의 뜻을 최대한 긍정적으로 해석해서 알려준다. 자기 이름이 좋아지면 알아서 이름을 잘 적지 않을까? 이름은 특별한 힘이 있다. 어떻게 불리느냐에 따라 이름 안에 숨은 내면의 자신도 변한다. 어린이는 어른보다 훨씬 말랑말랑한 존재니까 자신의 이름을 어떻게 생각하느냐가 삶에 임하는 태도를 결정할 수도 있다. 네 이름은 무슨 뜻이니, 부르기도 쉽고 지은 마음도 예쁘구나.

진짜 바쁜데

사람들은 강원도를 어떻게 생각하는 걸까. 내가 삼척시에 근무한다고 하면 대번에 '나는 자연인이다.'를 떠올린다.

"와! 엄청 멀리서 오셨네요." 혹은 "히야, 공기 맑은 데 사셔서 좋으시겠어요."

삼척은 강원도 끄트머리에 있어 서울에서 조금 멀기는 하지만, 엄연히 행정단위로 시다. 고속도로가 잘 닦여서 밟으면 서울에서 세 시간이면 도착한다. 물론 내가 근무하는 도계읍은 삼척 시내에서도 삼십 분을 더 달려야 하니 시골이라 해도 할 말 없지만, 가끔은 지나친 오해에 시달린다.

"거기 애들 자치기 같은 놀이 하지?"

확신에 가득 찬 말투다. 나는 귀를 의심한다. 나도 못 해본 자치기를 편견 속 강원도 어린이는 열심히 하는 모양이다. 외부인의 기대와 달리 강원도 교육청 소속 교사인 나는 아이들이 모바일 게임 좀 그만했으면 좋겠고, 유튜브 좀 그만 봤으면 좋겠다.

오히려 최근에 우리 반 아이들이 지우개 싸움을 모른다는 사실에 충격받았다. 자치기는 모를 수 있지만, 지우개 따먹기는 기본으로 알아야 하는 게 아닌가(적어도 내 편견 속에서는 그렇다).

"지우개 가지고 와봐."

"선생님 아까 바쁘셔서 같이 못 노신다면서요."

"그래도 가르칠 건 가르쳐야지."

사실, 급하게 보내야 하는 공문 때문에 정신이 없는 상황이었다. 그래도 지우개 따먹기만큼은 알려주어야 했다. 초등학교 선생님의 사명감으로 키보드를 박차고 일어났다. 아이들은 거듭 확인했다.

"선생님 바쁘신 거 맞아요?"

"응 진짜 바빠."

나는 남는 책상을 가져와서 스타디움을 만들었다.

"손가락으로 이렇게 지우개 끝을 누르면서 움직여. 이렇게 살살 가다가 상대방 지우개가 근처에 오면 올라타는 거야."

"레슬링 같네."

"그렇지. 한 번에 1점인데, 지우개가 상대편 지우개 위에 완전히 올라가면 KO야. 원 킬."

나는 각각의 경우를 직접 시연했다. 공문 처리할 시간이 시시각각 줄어들고 있었지만, 중간에 흐지부지 끝낼 수 없었다.

"선생님이랑 시범경기 해볼 사람?"

"저요! 제가 할래요."

만능 스포츠맨이자, 승부욕의 화신인 정후가 팔을 걷어붙였다. 첫판은 내가 가볍게 승리했다. 그러나 둘째 판은 한 점도 못 따고 졌다.

"정후에게 유리하게끔 일부러 유도했어. 다들 이제 요령을 알겠지?"

정후가 대번에 코웃음을 쳤다.

"정식으로 다시 하실래요?"

나는 외통수에 걸리고 말았다. 여기서 도망칠 수는 없다.

"좋아."

나는 서랍에서 새 점보 지우개를 꺼내 비닐을 벗겼다. 정식 경기라는 명분을 댔지만 이기기 위해서였다. 실력으로 권위를 보여주어야 한다. 그러자 정후도 필통에서 대왕 지우개를 집어 들었다. 족장 코끼리같이 우람한 물건이었다. 구경꾼이 몰려든 가운데 대결이 시작되었다. 당황스러웠다. 정후의 대왕 지우개는 반칙에 가까웠다. 높이가 너무 높아 어떤 공격도 통하지 않았다.

"3점 끝! KO!"

정신 차렸을 땐 정후의 대왕 지우개가 내 점보 지우개 위에 두 다리를 척 걸치고 있었다. 의심의 여지없는 패배.

"지우개가 그렇게 크면 반칙 아닐까? 상대편 지우개가 올라가지지도 않고. 권투에도 체급이라는 게 있는데 말이야."

나는 심각한 얼굴로 지우개가 어느 정도로 커야, 반칙이 아닌지에 대해 논의를 벌였다.

"처음부터 그런 규칙은 없었잖아요."

"그래 맞아. 하지만 대결이 불가능할 정도면 규칙이 필요하지 않을까?"

나는 치사하게 시간을 끌며 갑론을박했다. 메신저에 새 쪽지를 알리는 알림이 울렸다. 교무행정사님이었다.

"준수 샘, 저번에 부탁한 파일 잊지 말고 보내주세요."

아 맞다, 나 엄청 바쁜 상태였지!

"정후야, 미안한데 급한 연락이 와서 추가 시합은 다음에 하자."

비록 아무도 그 말을 믿지 않았지만 나는 정말 바빴다.

콩나물에 물 준 범인을 찾아라

생체실험을 한다. 실험 대상이 벌벌 떤다. 적어도 아이들 눈에는 그렇게 보인다. 마음 굳게 먹고 실험하세요, 나는 최소한의 희생은 어쩔 수 없는 거라고 설득한다. 실험은 총 네 그룹으로 진행된다. 이 중 두 경우는 실험 대상의 생명을 빼앗게 될 예정이다. 어떤 아이도 죽음의 집행자가 되고 싶어 하지 않는다. 하는 수 없이, 무작위 추첨을 한다. 생과 사를 가르는 운명의 몇 초가 흐른 뒤, 결과가 나온다.

"아싸, 콩나물 안 죽인다."

맞다, 우리는 지금 콩나물 생체실험(?) 중이다. 햇빛과 물이 콩나물의 성장에 어떤 영향을 미칠지 알아보는 실험이다. 어떤 콩나물은 햇빛과 물을 듬뿍 섭취하고, 다른 콩나물은 둘 다 제공받지 못할 수도 있다. 실험 기간은 일주일. 페트병 시루에서 콩나물을 기른다. 각 페트병에는 물과 햇빛의 제공 유무가 O, X로 표시되어 있다.

실험 결과의 예상은 쉽다. 물을 안 주고 햇빛을 차단한 콩나물은 시들거나 죽을 것이다. 반대의 경우는 잘 자랄 것이다. 직관적이고 간단한 이치다. 그러나 과학은 탐구와 실험의 학문. 뻔히 알고 있는 사실 같아도 가설을 설정하고, 설계를 하고, 실험 결과를 정리하는 과정은 매우 중요하다.

"물을 줄 때는 일정량을 주어야 합니다. 또 그룹별로 물의 총량도 맞아야겠죠? 당연히 어둠상자를 수시로 들춰보는 것도 안 됩니다."

아주 단순한 지침이다. 햇빛이야 창가에서 자동으로 공급되니 신경 쓸 게 없고, 학생들이 관리해야 할 것은 오직 물의 양과 물을 주는 간격뿐이다. 나는 실험 세팅을 마치고, 마음을 푹 놓았다. 불이나, 칼을 쓰는 요리 실습에 비하면 콩나물 실험은 평화롭기 그지없다.

창가의 콩나물은 햇볕을 쬐며, 푸르게 자랐다. 사흘째부터 변화가 나타났다. 햇볕만 쬐는 콩나물이 마르기 시작했다. 안 그래도 가을이라 건조한데 볕이 강한 곳에 두니 쭈글쭈글해지는 걸 피할 수 없다. 본잎을 틔우기는커녕, 떡잎을 지켜내는 것도 위태로워 보였다. 나는 '으음, 예정대로 잘 진행되고 있군' 하고 고개를 끄덕였으나 아이들은 곤란해 보였다. 콩나물의 목숨을 빼앗는다는 죄책감이 들기 시작한 것이다. 급기야는 물을 줘서는 안 되는 페트병에 물을 넣으려 했다.

"안 됩니다. 이건 콩나물 기르기가 아니라 실험이에요. 마음이 아프겠지만, 또다시 물을 주려 하면 수행평가에서 낮은 점수를 받게 될 것입니다. 조금만 참읍시다."

나는 엄포를 놓았다. 하지만 무언가 불길한 기척 같은 것이 교실 안을 배회했다. 차갑고 축축하며 반드시 콩나물을 살리고야 말겠다는 의지를 지닌 그 무언가. 나는 그것을 확실히 느꼈다. 시간은 어찌어찌 흘러 드디어 실험 마지막 날이 되었다. 내 걱정과 달리 돌발상황은 벌어지지 않은 듯했다. 실험 결과를 확인하려 네 개의 실험군을 한데 모았다. 창가에 둔 두 콩나물은 성장 차이가 확연했다. 차분하게 실험 결과를 정리했다. 이윽고 어둠 상자에 갇혀 있던 콩나물을 확인할 차례가 왔다. 검은색 상자를 들어 올렸을 때, 나는 일주일 내내 뒷덜미를 섬뜩하게 하던 불안감의 정체와 마주하고 말았다.

검은 상자 안에 있던 두 페트병에 모두 물이 들어간 것이다. 원래라면 한쪽 페트병은 완전히 건조해야 한다. 그런데 콩나물 아래 깔아 둔 거즈에 물기가 약간 있었다. 희미하긴 해도 확실한 물의 흔적이다. 아이들이 규칙을 잊은 것은 아닐 것이다. 왜냐하면 3일째 되던 날, 중간 점검 차 확인을 했다. 그때까지만 해도 바싹 말라 있었다. 나는 누누이 변인 통제의 중요성을 강조했고, 아이들도 정확히 알고 있었다. 그렇다면 남은 경우의 수는 오직 하나다. 누군가가 3일 이후 의도적으로 물을 준 것이다.

투입된 물의 양이 적어서 실험 결과에 큰 지장은 주지 않았지만, 명백한 변인통제 실패다. 문제의 어둠상자를 관리한 학생은 모두 다섯 명. 그러나 어느 누구도 물을 넣지 않았다고 손사래를 쳤다. 거짓말을 하는 것 같지는 않았다. 첫날부터 이 아이들은 앞으로 "손 하나 까딱 안 해도 되겠네."라며 흡족해했으니까.

외부인의 소행일 가능성이 다분했다.

도대체 왜 그랬을까? 짧은 수업 시간 동안 그것까지 파악할 여유는 없었다. 다만, 이번 사건에 해결의 실마리는 있다. 수업이 끝나고 아이들에게 콩나물 키울 의사가 있는지 물어보았다. 정상적으로 자라지 못한 세 콩나물의 경우 쇠약해진 상태였으므로 추천하기 어렵지만, 햇빛과 물을 공급받은 콩나물은 싱싱하고 건강했다.

"혹시 녹색 콩나물 가져다가 길러볼 사람?"

네 명이 손을 들었다. 가위바위보로 한 명을 뽑기로 했다. 녹색 콩나물은 두 번에 걸친 무승부 대결 끝에 겨우 주인을 만났다. 그렇게 콩나물 분양 절차가 끝날 줄 알았건만, 나머지 세 명이 다른 콩나물도 괜찮으니 가져가겠다고 나섰다. 그 사이 콩나물에 정이 든 모양이었다. 놀라웠던 건 시종일관 과묵한 모습을 보이던 K의 선택이었다. K는 햇빛도, 물도 못 받은 화분을 고집했다.

"이거 곧 죽을 텐데. 치우기 곤란하지 않을까?"

"제가 살릴 수 있을 것 같아요. 예전에도 이런 화분을 살려 봤거든요."

"괜찮겠어?"

"이대로 죽으면 안 될 것 같아요."

나는 단호한 눈빛에 압도되어 페트병과 어둠상자를 덜컥 내주었다. K는 수척해진 아기를 떠받치는 조심스러운 동작으로 문을 열고 나갔다. K가 교실을 나서는 순간, 내 주변을 맴돌던 불안한 기척도 스르르 빠져나간 듯한 느낌을 받았다.

누군가에게는 과학 실험이니까, 고통을 느끼지 못하는 식물이니까 괜찮다는 말이 가슴을 찌르기도 한다.

카르페 디엠

2009년 스물셋의 나이로 첫 발령을 받았을 때, 30대 부장 교사가 큰 어른처럼 보였다. 하늘까지는 아니어도 태백산 정도는 되었다.

군대를 다녀오고, 결혼하여 아이를 낳는 동안 어느덧 나도 30대에 접어들었다. 그러나 스스로 어른 같다고 느낀 적은 별로 없다. 여전히 젊다고, 아니 좀 더 솔직히 말하면 어린 축에 속한다고 착각한다. 이따금 저지르는 실수에 대해서도 그럴 수 있지 뭐, 하며 뻔뻔하게 받아들인다. 나는 적잖이 얼굴이 두꺼운 축에 속한다.

오늘도 경악할 만한 짓을 저질렀다. 중간 쉬는 시간이었다.

"머리, 어깨, 무릎, 발, 무릎, 발~"

토끼 네 마리가 귀를 쫑긋거리며 노래 불렀다. 귀 여덟 개가 박자에 딱딱 맞았다.

"선생님 안녕하세요."

소원이가 두 손을 앞으로 모았다. 그리고는 뭔가를 누르더니,

"반가워요!"

갑자기 토끼 귀가 하늘로 솟구쳐 올랐다. 반가워서 꼬리를 떠는 강아지 같았다. 나는 강아지를 좋아해서 강아지처럼 움직이는 토끼가 몹시 마음에 들었다.

"이거 TV에서 연예인들 많이 써요."

"유명한 거였구나."

쿠팡에서 배송비까지 만 원이라는 토끼를 나만 빼고 다 알고 있었다. 나는 여기저기를 살펴보았다. 발바닥을 누르니 귀가 쫑긋 솟구쳤다.

"놀라워!"

내가 얼빠진 표정을 짓자 아이들이 즐거워했다. 소원이가 자부심 가득한 얼굴로 미세한 조정법을 가르쳐주었다. 나는 공손하게 들었다. 새로운 문물에 관한 한 아이들은 나보다 훨씬 뛰어나다.

"오른쪽 발바닥을 누르면 오른쪽 귀가, 왼쪽 발바닥을 누르면 왼쪽 귀가 올라가는 거예요. 쌤 써봐요."

일시에 사방의 눈이 담임에게 쏠린다. 나는 손을 뻗다 말고 주저했다. 내면의 목소리가 울렸다.

'이봐. 자중해야지. 자네도 삼십 대야. 태백산 같은 삼십 대. 슬슬 중견 교사로서 체통을 지켜야 하지 않겠어?'

하지만 나는 쓰고 싶었다. 그런데 아무리 생각해도 지나친 감이 있었다. 시각적 충격에도 허용범위가 있다. 태백산이 토끼 모자를 쓰면 테러 행위라는 판단이 섰다.

"에이, 내가 이걸 어떻게 써."

"그래도 해봐요."

나는 손사래를 치며 딴청을 피웠다. 소원이도 더는 권하지 않았다. 아이들의 눈 건강, 정신 건강을 겨우 지켜줄 수 있었다.

"자, 영어 전담 수업 가야지."

아이들이 토끼 털갈이하듯 뭉텅뭉텅 교실을 빠져나갔다. 텅 빈 교실, 이제 나를 막을 수 있는 건 아무것도 없었다. 무책임한 본성이 은밀하게 속삭였다.

'써봐. 써보라고. 삼십 대에 못 쓰면, 사십 대에 어쩌려고.'

흠, 카르페 디엠이다. 안 하고 후회하는 것보다야, 하고 후회하는 편이 낫지. 나는 미래를 예측하는 능력이 현저히 떨어지는 인간이었다.

복도를 점검했다. 저 끝에서 희미하게 영어 선생님 목소리가 들렸다. 그 이외에는 어떠한 잡음도 들리지 않았다. 이미 스타팅 동작을 시작해버린 단거리 달리기 선수처럼 나는 멈출 수 없었다. 소원이 자리를 향해 발걸음을 옮겼다. 책상 위의 토끼가 웃고 있었다. 다시 돌아올 줄 알고 있었어, 하면서, 나에게 말을 건네는 것만 같았다.

나는 토끼를 들어 올렸다. 생각보다 가벼웠다. 그리고 따뜻했다.

"방한용으로도 괜찮겠어, 실용적이네."

행복에 겨워 거울을 보았다. 윽!

잇솔질

아침, 점심, 저녁 하루 세 번 양치 습관. 다른 건 몰라도 양치는 꽤 성실한 편이다. 좋은 습관을 유지하고 있다는 약간의 자부심도 있다. 그런데 오늘 아침, 지금껏 내가 해온 양치질이 잘못되었다는 사실을 알게 되었다. 내가 살아온 세계의 기본 규칙이 깨졌다. 마치 태양이 사실은 두 개였다는 소식처럼. 1교시에 있었던 일이다.

"잇솔질을 제대로 하셔야 합니다."

보건소에서 나온 구강위생교육 강사는 '잇솔질'을 강조했다. 잇솔? 잘못 들은 줄 알았다. 그의 입을 뚫어져라 쳐다봤다. 강사는 내가 무척 강의를 열심히 듣는다고 생각했겠지만, 나의 관심사는 오직 칫솔이냐, 잇솔이냐였다.

과연 잇솔 발음이 확실했다. 10분 동안 수십 번 잇솔, 잇솔 했다.

"지금부터 올바른 잇솔질을 함께 실습하겠습니다."

나 말고도 여럿이 고개를 갸웃했지만, 확신에 가득 찬 강사 앞에서 사소한 용어 사용을 지적할 수 없었다. 어쨌든 중요한 건, 행위 그 자체가 아니겠는가.

"나눠드린 양치 세트를 꺼내주세요."

훗! 이쯤이야. 단체로 치약을 짜고 칫솔을 입에 물었다. 유아 이후 평생 해온 동작이다. 이제 문지르기만 하면 되겠군, 하고 대수롭지 않게 생각하는 순간 고문이 시작되었다.

"그게 아니죠! 아랫니 뒤쪽을 다 놓치고 계시잖아요."

칫솔은 잔인한 도구였다. 강사는 시범용 거대 칫솔을 이용해 치아 모형을 괴롭혔다. 윗니, 아랫니, 잇몸, 혀를 두루 자극하는 초고난이도 동작이 이어졌다. 강사는 몹시 화가 나 보였다. 안 쓰던 구강 근육을 무리하게 당겼는지 턱이 뻣뻣해졌다. 입술도 제멋대로 뒤틀렸다.

"으으으, 아허허허, 으어엉."

나와 아이들은 울었다. 눈물 대신 침을 줄줄 흘리면서.

강사는 우리들의 찌그러진 얼굴을 보며 그제야 흡족해했다. 마치 잇속 프라그와 싸우기 위해 태어나신 분 같았다. 전쟁 같은 양치가 끝나고, 길고도 긴 마무리 멘트가 이어졌다. 여러 말씀을 하셨지만, 내 귀에는 똑같은 내용의 반복으로 들렸다.

"잇솔질이란 이토록 위대한 것이다. 시건방지게 칫솔 칫솔 하면서 아무렇게나 혀 놀리지 말고, 신성한 구강을 항시 정화하도록 하라!"

집에서 저녁 먹고 평소처럼 이를 닦는데 어깨 너머로 강사님의 음성이 들렸다.

“잇솔! Make teeth great again!”

겁에 질린 나는 최선을 다해 치아와 잇몸을 문질렀다. 순교자의 최후처럼 잇몸에서 피가 나왔다.

“자기 괜찮아?”

욕실에서 피 흘리는 나를 보고 아내가 달려왔다. 나는 하얀 거품과 피가 섞인 핑크색 액체를 세면대에 뱉었다.

“자기도 잇솔질 꼼꼼하게 해야 해. 그래야 건강해져.”

아내는 내가 또 상황극을 하는 줄 알고 피식 웃고 돌아섰다. 하지만 그건 진짜 피였고, 잇솔질이라고 말하지 않으면 유황지옥탕에 담가버릴 것만 같은 잇솔신의 격노를 피하기 위한 나의 간절함이었다.

교실과 평화

지난 이 년간 교실에서 몸싸움이 일어나지 않았다. 가까이서 보면 지글지글 보글보글 사소한 분쟁으로 가득했지만, 대충 멀리서 보면 고만고만하게 평화로운 날들의 연속이었다. 내가 학교 다녔던 시절과 비교하면 격세지감을 느낀다. 그때만 해도 주먹이 오고 가지 않는 교실을 상상할 수 없었다. 싸움은 일상이었고, 선생님은 질서와 생활지도라는 명목으로 체벌을 생활화했다.

고등학교 수학 선생님 A가 생각난다. 풀 스윙을 즐기는 사람이었다. 롯데자이언츠 팬이라고 밝히기도 했는데, A는 스윙 직전 언제나 한결같은 멘트를 덧붙였다.

"다 너희가 잘되라고 때리는 거다. 학교 밖은 정글이야. 인간 만들어서 내보내야지."

나는 차마 수업 못 하는 선생님의 주도권 유지에 체벌이 필요한 거겠죠, 라고 토 달지 못했다. 오히려 나이가 어리고, 경험이 부족하니 정말 사회가 정글일 수도 있겠다고 믿었다. 그러나 군대를 다녀오고, 직장 생활을 하면서 학교 밖이 정글이라는 말에 동의하기 힘들어졌다. 오히려 과거의 학교가 정글에 더 가까웠다. 학창 시절을 보낸 구십 년대와 이천 년 초반의 학교는 늑대 무리가 으르렁거리는 황무지나 다름없었다.

싸움, 돈, 공부.

세 가지 권력이 상호 견제하며 서열을 정리하는 사회. 이 중 하나라도 없으면 인간으로서 존엄을 지키기 어려웠다. 교실에서는 폭력의 냄새가 짙게 풍겼다. 어깨치기는 예사고, 코피와 골절도 드물지 않았다.

싸움은 생존을 위한 몸부림. 싸우고 싶지 않아도 싸우지 않으면 안 되는 때가 잦았다. 싸움을 회피하면 약한 남자라는 증거였다. 얕잡아 보이고 싶지 않다는 불안함은 싸움을 영속화하고 위계질서의 형성으로 이어졌다.

나는 덩치가 크지만 싸움에 서툴렀다. 대신 공부는 잘해서 곤란한 상황을 적절히 피할 수 있었다. 일정 순위 이상으로 성적이 좋으면 싸움꾼들이 건드리지 않았다. 학교에서 관리하는 모범생을 건드리면 선생님도 예민하게 반응하고 일이 커지니 서로 조심한 것이다.

싸움 강자들과 타협하며 적당히 편안한 나날을 보내던 나는 중학교 3학년 때 반장을 했다. 그날도 약한 애 한 명이 맞고 있었다. 입술이 터져 피가 줄줄 흘렀다. 평소 같으면 때리던 놈도 그칠 텐데, 계속 때렸다. 가만히 놔두면 사달이 날 것 같았다.

"오늘은 요까이만 하자. 얼굴에 표시도 많이 나고."

"와 니가 나서는데? 니, 같은 편이가?"

"그게 아이고. 곧 쌤 오는데 바닥에 피 있으면 좀 그렇잖아."

"반장 니는 가만있어라."

다음 수업까지 여유가 없었다. 나는 재빨리 휴지로 바닥에 묻은 피와 침을 닦았다. 분위기가 묘해졌다. 아무도 말을 하지 않았다. 얼마쯤 지나자 때리던 녀석이 기분을 잡쳤다며 바닥에 침을 뱉고 자기 반으로 돌아갔다. 나는 그날 이후 친구를 여럿 잃었다.

힘의 논리에 굴복하지 않으려면 고립을 감수해야 했다. 반장입네 하고 고고한 척에는 손해와 위험이라는 대가가 따라붙었다. 쓸쓸한 날을 보내던 중 친구 한 명이 학교 짱에게 두들겨 맞았다. 일방적인 구타였다.

'구해줘.'

친구는 내게 눈빛으로 구조신호를 보냈다. 나는 발을 뗄지 말지 갈팡질팡했다. 이미 교실에서 위험한 선을 넘은 상태였던 나는 두려웠다. 이번에 한 번 더 나섰다간 완전히 소외될지 모른다는 공포가 스쳤다. 나는 끝끝내 모른 척하며 화장실로 가버렸다. 말 한마디, 손짓 하나 하지 못했다. 나는 소변기 옆에서 그냥 아무것도 안 하고 어슬렁거렸다. 반에서 나의 입지는 약해지지 않았지만, 친구와의 관계는 거기에서 끝이었다.

그 사건은 성인이 되어서도 삶에 영향을 미쳤다. 초등학교 선생님이 된 나는 교실에서 누가 어깨 힘주고 다니는 꼴을 못 본다. 적어도 교실은 안전한 공간이어야 한다는 강박 관념이 있다. 그런 기미가 보이면 정색하고 바로잡는다. 옛날 기억이 떠오르면 나도 모르게 뻣뻣해진다.

"쌤 무서워요."

"알면 됐다. 안 되는 건 안 되는 거야. 친구끼리 사이좋게 지내야지. 그치?"

가끔 우리 반 아이들이 칭찬받고 싶어서 사진 찍어달라고 할 때가 있다. 가서 보면 협동 놀이를 하고 있거나, 바닥에 배 깔고 둥그렇게 엎드려 함께 무엇을 만들고 있다.

아이들도 아는 것이다. 담임이 어떤 장면을 좋아하는지. 안전하고 평화로운 교실을 유지하는 건 친구에게 속죄하는 길이기도 하다.

미안해, 모른 척해서.

뜻밖의 깨달음

"선생님, 코팅 언제 해주세요?"

승윤이 말에 섬광탄이 터진 듯 정신이 번쩍 들었다. 깜빡 잊고 지냈다. 한지 스테인드글라스를 만든 게 벌써 2주 전이다. 나중에 코팅해주마 약속했는데 구석에 박아둔 채 보름이 흘렀다. 더 미룰 수 없다고 판단하여 시계를 보았을 때는 이미 3시 20분. 다섯 시 퇴근 전까지 끝낼 수 있을까? 간당간당하지만 시도해보기로 했다.

교무실까지 전력 질주하여 15킬로그램은 족히 나갈 코팅기를 3층 교실에 들고 왔다. 재빨리 플러그를 연결하고 온도와 롤러 속도를 설정했다. 온도는 100도씨, 롤러 속도는 3. 코팅기 덮개에 붙은 포스트잇에 그렇게 적혀 있었다. 돌돌돌, 고무 롤러가 뜨거워지며 특유의 냄새를 내뿜었다. 스테인드글라스 더미에서 가장 위에 있던 동혁이 작품을 기계에 밀어 넣었다. 공장에서 갓 뽑은 것처럼 반듯하고 윤이 났다.

다음은 정후 차례, 그때 전화벨이 울렸다. 안 받고 싶지만, 내

선 번호 410은 교무부장님이다. 피할 도리가 없다.

"이 선생, 금요일 오후까지만 교육청 보낼 공문 처리해줘요."

"넵. 알겠습니다."

숫자 몇 개만 입력하면 되는 공문이다. 기간도 넉넉하다. 교무부장님은 꼼꼼하고 사려 깊은 사람이다. 괜찮은 선배를 만났다고 흡족해하던 차에 정후의 스테인드글라스가 보이지 않았다. 아까 분명 코팅기에 넣으려고…

끼기기잉 깨애앵.

굉음과 함께 고무 타는 냄새가 코를 찌른다. 일이 꼬였다는 걸 냄새만으로 알아차릴 수 있었다. 기계가 당장 터져도 누구나 납득할 만한 냄새였다. 일시정지 버튼을 연타했다. 그러나 잘 쓰이지 않는 버튼이 대부분 그렇듯 일촉즉발의 위기를 해결하는 데 전혀 도움이 되지 않았다. 그런 버튼은 생색내기 용도나 지극히 정상 조건에서만 한정적으로 작동하는 것이다.

어려울수록 돌아가라는 말이 떠올랐다. 나는 플러그를 뽑았다. 고전적이지만 확실한 방법이다. 기억을 싹둑 오려낸 것처럼 괴성이 멈췄다. 그러고 보니 선생님들 사이에 떠도는 코팅기 악담이 있었다.

"50만 원도 더 하는 새 기계인데 온도 센서가 영 별로야. 오차가 10도씩 왔다 갔다 한다고."

악담은 사실이었다. 코팅기의 기본 역할은 온도 유지 아닌가. 코팅기의 온도가 낮으면 코팅지가 녹지 않고, 너무 높으면 코팅지가 롤러에 들러붙는다. 차라리 온도 센서가 마이너스 쪽이면 상관없다. 가열될 때까지 기다렸다가 다시 하면 되니까. 문제는 온도가 상승할 때다. 코팅지가 녹아 롤러에 달라붙으면 뾰족한 수가 없다.

휴대폰 전등을 켜고, 코팅기 입구에 머리를 들이밀었다. 역한 화학 물질 냄새가 뇌를 마구 두들겼다. 그래도 성과는 있었다. 지하동굴 같은 롤러 저 깊은 곳에서 정후의 스테인드글라스가 빛났다. 나는 본능적으로 손을 집어넣었다. 오징어 굽는 냄새가 났다. 롤러의 온도가 100도씩 내외였으니까. 부족한 길이를 보완하기 위해 송곳과 연필을 동원했다. 역부족이었다.

하필 오늘은 여름이고, 여름 중에서도 특히 더웠다. 플라스틱이 녹을 때 나는 악취 때문에 속이 울렁거리고 머리가 깨질 것 같았다. 사태가 이 지경이면 잠시 쉬거나, 다음에 하는 게 맞지만 멈출 수 없었다. 우리 반 학생에게 신뢰를 잃고 싶지 않다. 반면 나는 오후 다섯 시 반까지 딸을 데리러 어린이집에 가야 하는 아빠이기도 했다. 무슨 수를 내서라도 빨리 마무리해야 했다.

최후의 수단으로 드라이버를 쥐었다. 메인으로 보이는 나사를 풀어 상판을 들어냈다. 엉뚱한 나사 두 개를 풀어버렸다. 단단히 고정되어 있어야 할 철판 두 개가 덜렁거렸다. 독성 연기를 많이 마셔서 판단력이 흐려진 것 같았다.

'정신 똑바로 차리자. 급해 죽겠다.'

미세먼지 대비용으로 사둔 KF94 마스크를 꺼냈다. KF94는 양날의 검이다. 냄새와 이물질 차단 기능은 좋지만, 산소까지 같이 막아버려서 숨쉬기에 불편하다. 산소가 부족하면 두뇌 능력이 저하되고, 기억력에 문제가 발생한다. 아까처럼 엄한 철판을 들어낼지도 모른다. 어쨌거나 다른 선택의 여지가 없는 나는 마스크를 쓰고, 열심히 드라이버를 돌렸다.

고백하자면, 나는 어떻게 정후의 들러붙은 코팅지를 꺼냈는지 기억이 없다. 여차여차해서 늦지 않게, 딸아이 픽업에 성공했는데, 다음 날 와 보니 모든 작품의 코팅까지 끝나 있었다. 내가 모르는 내가 알아서 과업을 처리해버린 것이다.

'설마, 이것이 향정신성 물질의 환각 효과인가.'

나는 섬뜩해졌다. 귀신에 홀린 기분이었다. 정말로 코팅지의 화학 약품 냄새에 중독되었을 수도 있었다.

'이번에야 이상한 짓을 하지 않았지만, 다음번에는 무슨 일을 저지를 줄 모른다. 이성의 제어를 잃은 몸뚱아리라니, 안 돼! 난 먹여 살릴 가족이 셋이라고!'

순간, 기묘한 깨달음이 찾아왔다. 코팅 기계가 74만 원이나 하는 데는 이유가 있구나, 금단의 방법으로 노동자의 노동 효율을 극대화하는 거지. 환각 효과를 이용해서.

빨리 방학을 해야 할 텐데, 학기 말이 되니 피로에 찌들어 망상에 시달린다.

나만 좋은 거야?

나는 산골짜기 학교에 근무한다. 별 탈 없으면 4년 만기를 채우려 한다. 도시에 집 가까운 학교 놔두고, 왜 멀리 가서 고생하냐고 많이들 묻는다.

“음, 승진 가산점이 있지만, 어차피 승진은 안 할 거고 그냥 시골의 맛이 있어.”

“시골의 맛? 텃세 같은 거야?”

“텃세? 따돌림을 즐기는 변태가 아니라면 그럴 리가 없잖아. 애들이 순박해.”

“근데 촌 애들이 더 약았다던데.”

“사람 나름이야. 대체로 순박하다는 얘기지.”

나는 시골 아이의 순수함을 증명하기 위해 실례를 들려준다. 보미의 지각 이야기다.

쿵쾅쿵쾅 투다다닥! 성마른 발걸음이 아침의 정적을 깬다. 현재 시각은 아홉 시 삼 분.

‘누구야? 아주 지각한다고 광고를 해라!’

뒷문을 노려본다. 곧 고요한 세계를 파괴하는 자가 모습을 드러낼 것이다. 문이 왈칵 열린다. 잔소리할 틈도 주지 않고 녀석이 선수를 친다.

"선생님, 제가 콩벌레(실은 공벌레) 잡아 왔어요!"

기선을 빼앗긴 나는 어버버버 하다가, "아, 그러니?" 하며 한가한 소리를 늘어놓는다. 보미는 벌컥 하얀 접시를 건넨다. 민첩한 기세에 눌려 나는 조수처럼 접시를 든다. 보미가 오목하게 모은 손을 펼치자 접시 위로 까만 구슬이 떨어진다. 다리가 여럿 달린 구슬.

"우와아!"

공벌레다. 어제 그토록 화단을 파헤쳐도 안 나오던 공벌레가 눈앞에서 버둥거린다. 공벌레는 어제 과학 시간 실험관찰 교과서에 등장한 곤충이다. 우리는 관찰용으로 공벌레 샘플을 채집하려 했으나 끝끝내 실패한 터였다. 보미는 아쉬운 마음이 가시지 않는지 아침에 이십 분 동안이나 화단을 팠다고 했다.

"귀여워."

"뭐가 귀여워. 징그러운데."

"그럼 보지 말던가."

우리 반 아이들은 공벌레를 원 없이 살핀다. 오전 내내 과학 관찰 모델로서 제 몫을 다 한 공벌레는 보미 손바닥에 실려 화단으로 간다. 나를 포함해 한 무리의 추종자들이 보미 뒤를 따른다.

“상추 실컷 먹어.”

고생했다고 공벌레를 상추 밭에 내려준다. 공벌레는 혼란스러워 보인다. 아마도 오늘은 공벌레 인생에서 가장 파란만장한 하루였을 것이다. 내가 시골에서 교사생활 하지 않았다면 공벌레 쥐고 지각하는 보미를 만날 수 있었을까.

“살면서 이런 하루를 어렵지 않게 겪을 수 있는 곳이 시골이야. 매력적이지 않아?”

“음, 그럴 수도 있겠네. 하지만 나는 별로.”

사람들은 수도권 대도시가 시끄럽다고, 집값이 비싸다고, 자연이 좋다고 하면서도 도시만 찾는다. 비싼 돈 내고 해안가 리조트에 잘도 묵으면서 지방 해안 도시에 살면 죽는 줄 안다. 소도시에 살고 있고, 앞으로도 소도시에 살고 싶은 나는 잘 모르겠다. 지방은 생활비가 적게 들고 자연이 가깝다. 산, 호수, 바다, 강을 넉넉하게 즐길 수 있다. 대자연의 품에 안겨보면 다른 즐거움이 시시해진다. 양질의 일자리는 흠… 확실히 말씀드리기 어렵다.

어쨌든 여러분, 지방은 당신을 해치지 않아요. 너무 겁먹지는 말아주세요.

슈가 러쉬

남들은 시작이 반이라고 하지만 나는 끝이 반이다. 낯가림이 심한 탓에 처음 보는 사람 앞에 서면 경직된다. 관계의 시작은 늘 조심스럽고 진척이 느리며, 끝에 이르러서야 아쉬움이 진하게 남는다.

교사는 매년 이별하는 사람이다. 주기적으로 아이들을 떠나보내고, 근무지도 일정치 않다. 한 학교에 오래 근무한다고 해도 최대 4년이다. 나와 비슷한 성향의 교사는 요령껏 정을 떼는 방법을 익혀야 한다. 그렇지 않으면 자칫 상처받을 수 있다.

"뭘 걱정해. 학년 말에 일부러 데면데면하게 굴어 봐. 질척질척한 것보다 훨씬 낫다니까."

한 선배는 12월쯤 가서 아이들과 마음의 거리를 둔다고 했다. 마음이 시키는 대로, 좋은 만큼 정을 다 줘버리면 수습이 힘들다나. 하지만 나는 쓰지 못할 방법이다. 내게는 감정을 인위적으로 위장할 수 있는 능력이 없다. 종이를 반만 찢다가 마는 것처럼 감정을 숨긴다는 건 몹시 어려운 일이다.

나는 차라리 이별 기념 선물을 남기는 쪽을 택한다. 우리 반은 방학을 하루 이틀 남기고 요리 수업을 한다. 실과 요리 실습을 한 시간 남겨 만든 뒤풀이 파티다. 이번에는 카나페를 만들었다. 카나페는 칼과 불을 쓰지 않는다. 위험하지 않아야 모두가 파티를 즐길 수 있다. 수업 시간에 피 볼 걱정이 없으니 좋긴 한데, 카나페는 어떤 측면에서 매우 위험한 요리다. 특히 당뇨가 있는 선생님은 각별한 주의가 필요하다.

"카나페 재료는 저희가 마음대로 정하면 되죠?"

이 질문은 아주 무서운 말이다. 언뜻 이해되지 않을 수도 있는데, 요리 과정을 보면 동의할 수밖에 없을 것이다. 어른의 카나페는 참치와 토마토, 치즈, 새우, 햄이 메인 재료다. 영양 간식으로 불러도 손색없다. 식사 대용으로도 나쁘지 않고.

그러나 어린이 카나페는 무기다. 설탕으로 사람을 잡을 수도 있다. 사인은 급성 당뇨병으로 밝혀질 것이다. 초등학생은 카나페를 당 범벅으로 이해한다. 초콜릿과 잼, 생크림이 없으면 카나페로서의 정체성을 부정당한 줄 안다. 적어도 세 가지 종류 이상의 당류가 듬뿍 들어가 줘야 카나페로 인정한다. 그들의 슬로건은 간단하다.

설탕은 옳다.

나의 친할아버지께서는 노년에 가벼운 당뇨를 앓으셨다. 내 몸에도 할아버지의 유전자가 들어 있으므로 당뇨를 경계하여야 한다. 그러나 맹수는 언제나 먹잇감의 급소를 노린다. 아이들이 무시무시한 웃음을 띠고 내게 다가온다.

"선생님 드시라고 만들었어요."

그들은 설탕의 대변인 같다. 카나페를 손수 만들었다고 강조하며 음식을 내민다. 잔뜩 기대한 얼굴로 선생님이 한입 먹어주기만을 기다린다. 아이들의 성의를 거절하고 싶지 않지만, 이걸 먹으면 당 쇼크로 죽을지도 모른다는 생각이 든다.

'방학이 겨우 이틀밖에 안 남았어. 마지막 추억인데 먹자.'

갑자기 아련한 마음이 들어 카나페를 받아 먹는다. 미끼를 물고 만 것이다.

"오우. 독특하네."

심장이 마약 주사 두 대 맞은 것처럼 날뛴다. 비이성적인 활력이 핏줄을 타고 흐르는 게 느껴진다. 이런 게 도파민 폭풍인가. 슈가 러쉬의 파도가 온몸을 휩쓴다.

"선생님 맛있죠? 우리 쌤 기분 좋아 보인다."

악마의 이웃이 나를 방문한다. 그들이 쥔 접시에는 또 다른 당류로 범벅된 카나페가 그득하다. 한 번 설탕 맛에 길들여진 인간은 설탕 없이 살 수 없다. 나는 하얀 슈가 파우더가 뿌려진 카나페를 집어 든다. 눈이 내린 것처럼 부드러운 맛이 난다. 일주일 치 당류 권장섭취량을 앉은자리에서 해치운다.

"헤헤헤. 힘이 막 솟아."

나는 헤죽거리다가, 실실거리며 정신 줄을 놓는다.

"나만 죽을 수 없지. 자, 너희도 먹어!"

접시에 남은 카나페를 아이들에게 먹인다. 주거니 받거니 접시를 돌리는 사이, 우리 반은 집단 각성 상태에 돌입한다.

"우리 이번 학기 너~어무 좋았지 않냐?"

"맞아요. 카나페도 먹고."

"담임 선생님도 좋았지? 그치?"

"예. 맞아요."

취중진담이라는 말이 있다. 초등학교에서 술을 마실 수 없으니, 우리는 설탕을 먹고 당중진담을 나눈다. 무슨 말을 나눴는지 잘 기억은 안 나지만, 여튼 기분이 좋다. 딸꾹!

잔소리 금지

수영장 가는 길, 도로가 비명을 지른다.

착, 촥, 착, 촥, 착, 촥

하얀 운동화 끈 두 개가 앞뒤로 찰박찰박 땅을 채찍질한다. 신영이가 앞서 때리고, 지수가 마저 때린다.

나는 심기가 불편하다. 아스팔트 도로에 연민을 느껴서 그렇다기보다, 직업적인 견지에서 곤란하기 때문이다. 10대는 신발끈이 단단히 묶여 있어도 곧잘 넘어진다. 어른은 감지할 수 없는 성가신 방해꾼들이 어린이의 균형을 무너뜨린다. 전봇대에 앉은 까치, 새로 생긴 호떡집, 앞에 가는 친구의 머리끈이 아이를 넘어지게 한다. 넘어진 아이는 무릎이 까지고 피를 흘린다. 그렇게 수영 수업 불참자가 한 명 늘어나는 것이다.

안 그래도 요즘 여학생들이 이런저런 이유로 생존 수영 수업을 빼먹으려 해서 고민이다. 다른 사람 앞에서 몸을 보이는 게 싫다고 하니 강요할 수도 없다.

착, 쫩, 책, 착, 쫩, 책

수영장을 겨우 200미터 앞두었는데, 불안한 신발끈 소리가 계속 귀를 울린다. 이제 곧 넘어질 예정이라고 시위하는 듯하다. 주사위를 던져 숫자 3이 나올 확률은 1/6이다. 여섯 번을 던져 3이 한 번도 안 나올 수 있지만, 횟수를 늘리면 1/6에 가까워진다. 신영이는 수백 번의 시도 끝에 '신발 끈에 걸려 넘어질 확률'에 도달한다.

'안 돼!'

다행히 무릎이 바닥에 닿기 직전, 지수가 신영이를 붙잡는다. 이제 그만하면 좋으련만, 두 명은 고집스레 신발끈 채찍질을 이어 간다. 저 깊은 곳에서 선생님 자아가 내게 소리친다.

'너 교사 맞아? 저걸 보고도 가만히 있어? 너희 반 학생이 고꾸라질 뻔했다고.'

'알아, 나도 안다고. 근데 나 요즘 잔소리 디톡스 중이란 말이야.'

'위험을 알고도 방조하는 것이 얼마나 큰 직무유기인지 몰라? 겨우 잔소리 디톡스 때문에 아이를 다치게 할 거야? 이건 다이어트가 아니라고.'

'오버하지 마. 아이들을 믿고 기다려주어야 해. 평화로운 학급 운영 연수 강사님이 학습자를 신뢰하는 게 중요하다고 말씀하셨거든.'

학습자 신뢰는 교사에게 중요한 태도다. 중대한 위험이 닥치지 않는 한 나는 아이들을 믿고 기다려야 한다. 나는 입술을 안으로 말아 깨문다. 이론과 달리 현실은 초조하다. 말이 쉬워 기다림이지, 기다림은 아무나 할 수 있는 일이 아니다.

이제 주은이마저 채찍질을 따라 하려는 기색이 보인다. 장난은 감염력이 세다. 마음속 혁명가는 지루하고 평범한 일상의 규칙을 깨라고 어린이를 부추긴다. 잔소리 디톡스 결심이 하루 만에 흔들린다. 그러나 오늘 하루만이라도 성공하고 싶다. 속으로 주문을 건다.

'나는 아이들의 자발성을 믿고 기다려주는 교사다, 나는 아이들의 자발성을 믿고 기다려주는 교사다, 나는 아이들의 자발성을 믿고 기다려주는 교사다…'

숨이 찬다. 입이 근질거리고, 이대로 두었다간 대왕 뾰루지가 입술 주변으로 솟아오를 것만 같다. 결국 나의 인내심은 바닥나고 만다.

"신영아 끈 풀렸어."

"네, 알고 있어요."

"아, 알고 있었구나. 위험해 보이는데."

아이가 해맑은 얼굴로 즉각적인 대답을 하면 나는 할 말을 잃고 만다. 신발 끈 시스터즈는 이 타이밍을 놓치지 않고, 아슬아슬한 걸음으로 잽싸게 나아간다.

나 이제 평화롭고 친절한 선생님 안 해. 못 해.

제정신을 차려야 해

교실 히터 온도를 26도로 맞춘다. 이 정도면 따뜻하다 못해 외투를 벗게 된다. 그런데 오늘은 어쩐지 더운 교실에서 아이들이 등을 비빈다. 쓰륵쓰륵쓰륵, 얼굴이 시뻘겋게 달아오를 때까지. 롱패딩을 걸친 인간 귀뚜라미들이 등을 비비는 이유는 정전기를 모으기 위해서이다.

"꺄악! 전기 불꽃 봤어!"

소리가 어찌나 큰지 나는 공문을 입력하다 오타를 냈다.

"끄아악! 대박대박!"

악다구니는 그치지 않았다. 도저히 업무를 볼 수 없는 BGM. 나는 컴퓨터에서 손을 뗐다.

"또 무슨 야단법석이냐."

"정전기로 노는 건데요? 선생님도 해보실래요?"

나는 하라면 하는 사람.

"어떻게 하는 건데?"

"짝이 필요해요."

반에서 제일 듬직한 찬민이를 부른다. 그나마 나와 사이즈가 맞는 아이다.

스스스스스스.

반에서 가장 덩치 큰 두 사람이 등을 비비니 대왕 바퀴벌레 날갯짓 소리가 났다. 스웨터 아래로 땀이 주르륵 흘렀다.

"지금이에요! 손가락 주세요!"

찬민이와 나는 검지를 뻗어 서로 마주 댔다. 파지직! 미니 번개가 손가락 사이를 가로질렀다. 날렵하고 짜릿한 불꽃. 그 작은 불꽃이 내 마음에 불을 지폈다. 처음 불을 발견한 원시 인류처럼 아드레날린이 휘몰아쳤다.

"우리 제대로 해보자. 전기 불꽃을 사진으로 남기는 거야."

추가로 지원자를 모집했다. 곧 여덟 명이 모여들었다. 2인 1조, 네 쌍의 귀뚜라미를 한 줄로 세웠다. 8기통 엔진의 단순화 모델을 보는 것만 같다. 우리는 꽤나 진지했다. 정전기 발전소 한가운데서 나는 폰 카메라를 들고 서 있었다. 불꽃이 튀는 찰나를 잡아낼 수 있을지도 모른다는 헛된 희망을 품고서.

그러나 얼마 지나지 않아 매우 어리석은 판단을 했다는 사실을 받아들이게 되었다. 나는 빛보다 몹시 느리며, 빛을 셔터 속도에 맞춰 사진으로 담아내는 건 불가능에 가깝다.

"선생님, 이거 계속해야 해요? 아까 전기 불꽃 봤잖아요."

"응. 맞아. 힘들면 안 해도 돼. 수고했어."

3차 시도까지 함께해준 친구에게 자유시간 두 개를 주었다.

네 명이 남았다. 우리는 끝까지 해보자며 최후의 4인으로서 다짐했다.

“사진 말고, 동영상 촬영을 해보자. 불꽃은 동영상 캡처하면 잡아낼 수 있을 거야.”

다음 수업까지는 겨우 5분 남았지만, 실패의 경험에서 얻은 여러 촬영 노하우가 있었다. 담임을 필두로 쓸데없는 짓에 몰입한 5인방이 게시판 앞에서 등을 비볐다. 나는 휴대전화 설정 버튼을 눌러 동영상 화질을 최대로 올렸다. 동작 하나하나가 비장했다. 정전기로 가득 찬 두 손가락을 맞대는 순간, 불꽃이 하얗게 튀었다.

“봤지? 방금 확실히 나왔지?”

“진짜 진짜 나왔어요.”

갤러리에 들어가 최신 영상을 틀었다. 우리는 가쁜 숨을 내쉬었다. 파밧! 화면 안에서 불꽃이 선명히 보였다.

“바로 이거야. 이거라고.”

정전기 오총사는 땀을 뻘뻘 흘리며 둥그렇게 모여 뛰었다. 우리는 감격을 주체할 수 없었다. 반면 관객들은 난감해했다. 반에서 가장 나이 많고, 덩치 큰 남자 한 명이 오두방정을 떨자 손뼉을 쳐야 할지, 혀를 차야 할지 헷갈려 보였다. 다들 애써 모른 척해 주려 노력했다.

아이들은 부족한 담임을 목격하고도 매우 협조적으로 수업에 참여하고, 지시에 따라 주었다. 선생님이 이상하면 자신들이라도 제정신을 차려 학급을 지켜야 한다는 각오가 생기는 것 같다.

2장

그래도 아이들은 사랑스럽다

그림자 소년

방학이 끝나고, 교실에서 다시 만난 아이들은 할 말이 넘친다. 눈빛만 스쳐도 조잘거린다. 누가 자기들의 시간을 빼앗아 가기라도 할 듯 조급하다. 그러나 반가움은 금세 시들해진다. 반가움의 자리에 불신과 비난이 들어선다.

"어휴, 말이 안 통해. 아는 게 뭐냐?"

"뭐래, 병신이."

정다운 인사는 온데간데없고, 날 선 단어가 쌩쌩 날아다닌다. 짜증과 사나움은 전염병 기질이 있다. 발 없는 말이 삽시간에 반을 어둡게 물들인다. 나는 어지간한 말싸움을 일단 지켜보는 편이다. 아이들이 도움을 요청하거나, 학습 활동에 지장이 있는 경우에만 개입을 선택하려 한다. 그런데 이번에는 팬데믹 조짐이 보인다.

"말이 좀 심하구나."

"이 새끼가 먼저 그랬단 말이에요."

"새끼가 뭐니. 말 가려 하자."

욕하는 게 재밌다고 해서 아무 장소에서 아무 때나 하면 다른 사람에게 피해를 준다고 알려준다. 아이들은, 어른에겐 당연한 걸 잘 모르고, 알아도 자주 잊고 실수한다. 반복해서 친절하게 가르쳐주는 수밖에 없다. 욕설 바이러스 확산세가 주춤한다.

"그런 욕 어디에서 배웠어?"

"유튜브요. 다 욕하면서 방송해요. 돈도 많이 벌어요."

유튜브는 돈이 된다면 어떤 말이든 할 수 있는 곳이다. 사람의 관심과 시선을 끌기만 하면, 극단적 언행조차 돈으로 환전된다. 나는 학교가 아니면 하기 힘든 활동을 시도한다. 고운말 나무 꾸미기다. 애들은 손발이 오그라든다고 하지만, 막상 하면 잘 따라오고 의미도 있다.

"종이에 손바닥을 대고 연필로 윤곽선을 그려보세요. 손목까지 그려서 오리면 나무 모양이 됩니다."

아이들은 자기가 듣고 싶은 말, 들으면 힘이 나는 말을 종이 나뭇잎에 적는다. 분위기가 잡힌 다음이라 그런지 다들 열심히 쓴다. 반에서 최고로 터프한 입을 가진 X군 뒤로 가서 슬쩍 본다.

'내가 최고라고, 내가 잘하고 있다고, 말해주세요.'

아무리 말이 사납고 행동이 거칠어도 사람은 자신이 있는 그대로 수용되길 바란다.

S도 나무를 만들었다. S는 말이 없고, 혼자 교실 이곳저곳을 서성이는 아이다. 혼자 웃고, 혼자 걷고, 혼자 말한다. 친구들은

S를 4차원이라고 무시한다. S의 나무에 유독 나뭇잎 말이 빼곡하다.

'잘한다', '힘내', '짱이다', '미안해', '고마워', '굉장해', '파이팅', '이쁘다', '최고야'

또박또박 진심을 담아 쓴 글씨다. 선생님 보라고 쓴 글 같아 나는 괜히 바늘에 찔린 듯 아프다.

다음 쉬는 시간, S가 창가에서 풍경을 바라보고 있다. S에게 다가갔다.

"오늘 사회 숙제 제출한 거 봤어. 조사 열심히 했더라, 지식백과도 참조하고. 잘했어."

S가 멋쩍게 웃으며 게걸음 친다. 소리 없이 그림자처럼 빠져나가는 게 S의 특기다. 뒤꿈치가 들려 있다. 그림자는 과묵해 보여도, 동작으로 자기 말을 다 한다. S의 기분 좋은 그림자는 걸을 때 뒤꿈치를 살짝 든다.

"고마워 S야, 그간 좋은 말 많이 못 해줘서 미안해, 우리 앞으로 잘 해보자, 파이팅!"

원래 S에게 해주려던 말은 이랬는데, 낯이 간지러워 잘 안 된다. 욕을 안 하기 위해 노력이 필요한 것처럼 다정한 말을 아무렇지 않게 하기 위해서도 노력이 필요하다.

수포자의 오아시스

나는 왜 수학을 쉽고 재미있게 가르치지 못할까, 수학의 신 앞에 엎으려 울고 싶다. 4학년만 되어도 수포자가 생긴다. 다른 교과는 안 그런데, 유독 수학은 포기가 빠르다. 앞선 학년 내용을 제대로 이해하지 못한 채 올라오는 아이들이 교과서를 덮어버린다. 좌절로 일그러진 아이의 얼굴을 바라보는 건 괴롭다.

교육청 연수에서 만난 중학교 수학 선생님 이야기는 절망적이다. 중학생의 4분의 1이 수학을 놓은 상태라는 것이다. 따라가려야 따라갈 수도 없는 막막함 속에 수학과 멀어진다.

나도 학창 시절 수학을 썩 좋아하지는 않았다. 그렇지만 상위권 대학에 들어가기 위한 필수 과목이기도 하고, 추상적 사고 능력이 향상된다는 체감을 하고 있었기에 배워야 한다는 생각은 있었다. 지극히 실용적인 관점에서 접근한 것이다.

왜 아이들은 수학을 어려워할까. 다년간 교실에서 지켜본 바로는 수학과 아이들 생활 세계 간의 간극이 넓다. 수학은 논리의 학문이다. 그런데 아이들은 구체성과 직관의 세계에 산다. 논리의 세계를 즐기려면 수학적으로 생각하고 표현하는 훈련을 따로 해야 한다. 단점은 어마어마한 훈련의 양이다.

공교육의 교과 체계는 나선형 구조로 되어 있다. 학년이 높아질수록 내용이 심화된다. 전 학년도에 배운 내용을 흡수하지 못하면 심화 수준으로 점프할 수 없다. 충분한 훈련이 필요한 이유다. 그러나 대다수의 수포자는 뒤로 돌아가지 않는다. 당장 주어진 교과 진도를 감당하기에도 벅차 허둥지둥한다.

또 다른 어려움은 심리적인 부분이다. 수학 교과서에 나오는 대부분의 문항은 답이 정해져 있다. 풀이 과정은 저마다 차이가 있을 수 있어도 답은 명확하다. 답을 잘 찾는 아이들은 수학을 좋아하지만, 자꾸 틀리는 아이는 기분이 나쁘다. 그런데 이 불쾌의 순환고리가 유치원부터 고등학교 무렵까지 반복된다면 어떨까? 우선 감정적으로 싫어지지 않을까.

다행히 수학 시간에도 수포자가 숨 쉴 만한 오아시스는 있다. 4학년 2학기 '다각형' 단원이 그렇다. 다각형 단원에는 정답이 없는 문제가 나온다. 누구나 동그라미 도장을 받을 수 있는 천국의 문제.

126쪽 : 여러 가지 모양 조각으로 나만의 모양을 만들어 보세요.

숫자는 필요 없다. 스티커로 된 직사각형, 정삼각형, 마름모, 육각형, 평행사변형을 떼어 자기만의 형상을 창조하면 그만이다.

수포자 C가 조심스레 다가와 묻는다.

"선생님 고양's(고양쓰) 만들어도 돼요? 펭귄's(펭귄쓰)도 있고, 사탕's(사탕쓰)도 있어요."

C의 책을 슬쩍 보니 이미 모양은 다 만들어져 있다. 그래도 나한테 확인받고 싶은 눈치다. 나는 C가 수학 시간에 나한테 왔다는 사실만으로 고마워서 칭찬 도장을 큼직하게 찍어준다.

"다 돼. 뭐든 다 돼. 너 하고 싶은 거 다 해."

오랜만에 수학 문제를 다 맞힌 C가 함박웃음을 짓는다.

"지금 네 입술이 반원이야. 원을 반으로 쪼갠 모양."

"에이, 뭐예요. 저 수학 싫어요."

C가 실실 웃으며 물러난다. 앞으로 C에게 설명할 때는 그림과 도형을 잔뜩 쓰려 한다. 플라톤의 아카데미 정문에는 이런 말이 적혀 있었다. "기하학을 모르는 자는 이 문 안에 들어오지 말라." 왠지 C는 들어갈 수 있었을 것 같다.

저세상 유머

나는 가끔 어른인 친구와 소통이 안 된다. 나는 웃긴데, 상대는 표정이 굳어 있다. 하지만 웃음을 멈출 수 없다. 웃음을 회수할 수 없을 만큼 나는 진심으로 재밌기 때문이다. 겨우 웃음이 잦아들면 난감한 상황을 어떻게 풀어야 할지 곤란해진다. 어디서부터 어긋난 것일까?

추측건대 아이들의 웃음 코드에 나도 모르는 사이 감염된 것이 아닌가 한다. 어른과 어린이의 웃음 코드는 명백히 다르다. 어른의 세상을 이 세상, 아이의 세상을 저세상이라고 가정하겠다. 이 세상 사람은 저세상 개그를 듣고 울 수도 있다. 정말이다. 저세상은 그만큼 무서운 곳이다.

"선생님 콧구멍 입구에 코딱지 보여요. 그런데 코딱지 크기가 저랑 비슷하네요."

"그러니? 킁!"

"코 엄청 세게 푸시네요. 깜짝 놀랐어요. 하하하하."

아이가 웃는다. 나는 이해할 수 없다. 코 푸는 게 배꼽 잡을 만큼 웃긴 건가. 나는 코딱지가 밖에서 보였다는 게 더 민망한데.

그런데 저세상 유머의 위험성은 끈질김에 있다. 아이들이 단체로 웃으면 어이가 없어지며 덩달아 웃게 된다. 교사가 되려는 사람은 하루빨리 이 세상의 기준을 버리고 저세상에 적응하는 편이 좋다. 확언하건대 저쪽 유머에 빨리 적응할수록 직업 만족도를 높이고 정신 건강을 지킬 수 있다. 나는 매우 진지하다.

코딱지 사건 말고도 몇 가지 저세상 유머 사례가 있다. 만일 이 이야기를 듣고도 웃기지 않다면 당신은 지극히 정상적인 성인이다. 보편의 상식과 교양을 갖춘 사람이라는 뜻이므로 안심해도 좋다.

하루는 지수가 글루건으로 핸드폰 케이스를 만들어 왔다. 제작 과정은 간단하다. 하나, 휴대전화를 랩으로 둘둘 만다. 둘, 글루건을 이용하여 핫 멜트를 랩 위에 쏜 뒤 말린다. 여기까지만 들으면 꽤 창의적이고 과학적으로 보인다. 꼼꼼히 마무리한 정성이 갸륵하기까지 하다. 하지만 이렇게 끝나면 저세상 교실이 아니다.

"선생님 그런데요, 제가 랩을 말았는데요, 랩은 원래 생선 같은 거 마는 거잖아요? 그 랩을 휴대폰에 왜 마는 건데요. 퓹 푸크크크크!"

도대체 왜 이러는 걸까. 랩은 본인이 말아놓고. 지수는 웃음을 정지하는 데 실패한다. 나는 이 세상 사람(이라고 믿고 싶은 사람)으로서 웃기지 않은 것에 웃지 않을 권리가 있다. 침착하게 휴대폰 케이스를 들여다본다. 그 장면을 보고 나연이가 미친 듯이 큭큭거렸다.

"끼하하하하, 끼요호호호."

웃음의 웜홀. 이럴 때면 나는 평행우주를 상상한다. 또 다른 지구에서는 이 이야기가 웃길 수도 있다. 극히 낮은 확률이겠지만.

다음 사례는 창영이의 울버린 사건이다. 반에 물레방아 테이프라는 기계가 있다. 축바퀴를 시계방향으로 돌리면 4센티미터씩 테이프를 끊어주는 물건이다. 하루는 창영이가 심심했는지 테이프를 여럿 떼어서 손톱 끝에 붙였다.

"나는 울버린이다!"

창영이는 발톱이 솟아났다며 크게 소리 질렀다. 그러더니 울버린에 빙의되어 버렸다. 발톱으로 친구들을 찌르고 다니기 시작했다. 남자애들 캐릭터 빙의는 자연스럽고 평범한 역할 놀이다. 그러나 창영이의 울버린은 어딘가 달랐다.

"끄하하하, 끄에에."

창영이가 정신 줄을 놓은 듯 웃기 시작했다. 울버린에게 찔린 현진이도 테이프로 손톱을 붙이고는 같이 정신 줄을 놓았다. 좀비도 아니고 한 명, 두 명, 수가 늘더니 급기야는 다섯 명의 울버린이 포효하듯 웃었다.

나는 아이들을 말려보려 했다. 웃음 병은 실제로 위험할 수 있기 때문이다. 1962년 아프리카 탄자니아에서 웃음 병이 돌았을 때 환자들은 웃음을 멈출 수 없어 호흡 곤란을 겪었다.

"캬오!"

"크아악."

"키아아아코"

제발 그만하라고 해도 울버린은 춤을 추며 괴성을 질렀다. 그러다 나도 울버린의 손톱에 찔리고 말았다. 즉시 웃음이 터졌다. 쏟아지는 졸음보다 더한 충동이었다.

"카르르르르!"

결국 나도 울버린이 되고 말았다.

'다른 아이도 감염시켜야 해. 이 좋은 건 같이 해야 해.'

알 수 없는 충동이 일었다. 아마 학교 종이 울리지 않았더라면 나는 울버린 병에서 헤어나오지 못하였을 것이다. 아찔한 순간이었다.

울버린이 나인가, 내가 울버린인가. 교실에 있으면 자꾸 내 머리통을 두드려보게 된다. 이 세상과 저세상의 경계가 희미해지고 있다.

말벌 전쟁

9월 중순의 날씨는 애매하게 덥다. 참자니 땀이 나고, 에어컨을 켜자니 춥다. 그렇다고 창문을 열 수도 없다. 틈을 보이는 순간 말벌 기습 부대가 침투한다. 갈색의 거대한 곤충은 단 몇 마리만으로도 교실을 마비시킬 수 있다. 이미 우리 반은 여러 차례 말벌에게 당했다. 동혁이 책상이 엎어졌고, 금비가 눈물을 흘렸다.

"말벌, 눈에 띄기만 해 봐."

나는 최근 벌을 미워하게 되었다. 나도 모르게 말벌에게 인격을 부여하고 있다. 미물에게 앙심을 품는 행위는 우습다. 그러나 말벌은 의식이 있는 개체처럼 집요하게 우리 반을 괴롭혔다. 침공이 반복되자 말벌이 우리에게 악의를 품은 건 아닌지 의문까지 생겨났다.

우리는 말벌을 피해 사흘간 창문을 닫고 지냈다. 그 탓에 강원도의 맑고 선선한 가을바람을 누리지 못했다. 백두대간 푸른 산줄기에서 불어오는 바람은 자연의 선물이다. 달고 시원하다. 그

바람을 쐬지 못해 조금 답답했지만, 벌에게 쏘이는 것보다는 나았다.

그런데 오늘은 엄지손가락만 한 말벌이 내 관자놀이를 스쳐 갔다. 붕붕거리는 날갯짓에 귓가가 떨렸다. 도대체 어디서 뚫린 걸까. 창문은 모두 막혀 있는데. 나는 얼른 쪼그려 앉았다. 말벌 침에 쏘이면 아프다. 살금살금 창문으로 다가가 손잡이를 당겼다. 당연히 열리지 않았다. 어제 내가 퇴근하면서 잠갔으니까.

재빨리 경우의 수를 떠올려 보았다. 크게 세 가지 가능성이 있다.

첫째, 나보다 먼저 등교한 아이가 실수로 창문을 열었다. 불가능하다. 책상에 가방이 없고, 창문이 모두 잠겨 있다.

둘째, 말벌이 초능력을 획득하여 순간이동, 벽 통과 기술을 구사했다. 불가능하다. 나는 어벤져스를 그만 봐야 한다.

셋째, 오래전에 들어온 벌이 숨죽이고 있다가 활동을 재개했다. 애매하다. 나는 벌의 은신 및 생존 능력에 대해 잘 모른다.

그나마 세 번째가 제일 멀쩡한 가설이다. 집요한 곤충 녀석, 나는 청소용구함에서 빗자루와 쓰레받기를 꺼냈다. 나의 창과 방패다. 내가 무기를 장착하고 있을 무렵, 아이들이 하나둘 교실에 들어왔다.

“우와, 선생님 멋지다. 이기세요!”

졸지에 벌과 맞서 싸우는 아킬레우스가 되고 말았다. 나는 사실 벌을 무서워해서 소심하게 기습하는 타입이다. 그런데 보는 눈이 생겨 난처했다. 아이들을 멀찍이 떨어뜨려 놓고, 벌이 방심하는 틈을 타 선제 타격을 가했다. 빗자루 솔이 부드러워 벌은 밀려나기만 하였다. 두 번이나 더 때려 보아도, 벌은 피해를 입지 않았다. 오히려 붕붕 소리를 내며 반격을 시도했다. 나는 쓰레받기를 휘둘러 벌을 쫓았다.

"오 선생님 잘 싸운다."

관중들이 흥분하기 시작했다. 1교시까지 시간이 얼마 남지 않았다. 벌 잡느라 수업을 빼먹을 수는 없었다.

'보드라운 무기로는 벌을 제압하기 힘들다. 필살기를 쓰자.'

힘에 부친 말벌이 창틀에 내려앉은 사이, 옆에 있던 수학책으로 힘껏 내리쳤다. 정신을 차려 보니 아이들이 내 주변을 감싸고 있었고, 수학책 뒷면은 고동색 얼룩과 잡다한 잔여물로 지저분했다. 재확인의 여지 없는 참살이었다.

"꺅! 여기에 또 벌 있어요."

창틀 바닥의 틈으로 벌 한 마리가 고개를 내밀었다. 비로소 말벌 침공의 비밀이 밝혀졌다. 느슨하고, 여유로운 창틀이 말벌의 침입 통로였던 것이다. 나는 박스 테이프로 창문 하단을 막았다. 좁은 틈을 빠져나오려는 말벌은 재빨리 수학책으로 내리쳐 없앴다.

"휴우, 다 끝났다."

봉쇄 작전 종료. 다행히 1교시 시작까지는 2분이 남아 있었다. 창영이가 다소 상기된 얼굴로 내게 다가왔다. 말벌 전투에 감동

한 눈치였다.

'훗, 내가 바로 말벌 학살자 아킬레우스 님이시다!'

창영이가 입을 뗐다.

"아, 내 수학책 망했어. 어떻게 하실 거예요."

"아… 미안. 아무거나 집는다는 게."

나는 창영이 책을 교사용 교과서로 교환해주었다. 벌 다리가 툭 떨어졌다.

벌이 너희를 무서워합니다

창문 봉쇄 이후 평화로운 나날이 이어졌다. 잠시 말벌을 잊고 지낼 정도였다. 그런데 오늘 악몽이 되살아났다. 시작은 얼룩이었다.

점심 먹고 교실로 올라가던 중 주위가 시끄러웠다. 소리는 4층 층계참에서 흘러나왔다. 아이들 네다섯이 모여 있었다. 나는 고개를 갸웃거렸다. 층계참은 옥상으로 통하는 길이어서 학생이 이용할 수 없는 장소다.

"거기서 뭐 하니? 내려와."

"선생님, 여기 좀 보세요."

아이들 눈이 천장에 쏠려 있었다. 멀리서 보았을 때는 특이사항을 발견할 수 없었다. 가까이 다가갔다. 그제야 천장에 낀 정체불명의 얼룩이 눈에 들어왔다. 얼룩이 꽤 입체적이었다. 까맣고 두꺼운 거품 같기도 하고. 순간 얼룩이 꿈틀거렸다.

'착시 현상인가, 어지럽네.'

구불구불한 천장 타일 무늬 때문인지 정확한 형태를 파악하기 힘들었다. 안경을 벗고 눈을 비볐다. 하지만 증상은 나아지지 않았다. 얼룩이 부풀었다 줄어들기를 반복했다.

얼룩은 날개를 지니고 있었다.

"벌이야, 말벌. 꺄악!"

얼룩이, 아니 말벌이 움직였다. 이제는 확실히 구분할 수 있었다. 얼룩은 말벌끼리 엉겨 붙어 있는 덩어리였다. 그런데 말벌 상태가 이상했다. 기온이 떨어진 탓인지 어딘가 비실비실한 게 위협적이지 않았다.

말벌의 나약함이 더 큰 문제를 일으켰다.

"들어와. 들어와. 덤벼 보라고."

아이들은 말벌의 비정상성을 눈치채고 자신감이 붙었다. 아직 활력이 남은 말벌 몇 마리가 경계 비행을 했다. 남자애들이 어디선가 빗자루를 구해 와 슬금슬금 전진했다. 아뿔사, 저건 나의 아킬레우스 모드(영웅놀이는 이제 그만).

"덤벼! 나쁜 말벌들."

"그만해. 다칠 수 있어. 선생님이 119 부를 거야."

소란을 듣고 교실에 있던 아이들이 몰려왔다. 안 돼. 일이 점점 커져만 갔다. 악당을 심판하려는 정의의 사도들은 눈동자를 치켜떴다. 나는 두 팔을 벌리고 바리케이트를 쳤다.

"이건 축제가 아니야. 다들 돌아가."

"말벌은 나빠요."

"그럼 오지 말아야지. 너희, 벌 무서워하는 거 맞아?"

"네, 말벌이잖아요."

애들아 웃는 얼굴로 그러지 마. 너희가 더 무서워. 벌들이 너희를 보고 오들오들 떨고 있잖아.

곤듀병

어릴 때는 누구나 공주고 왕자다. 나도 왕자 소리를 많이 들었다. 지금 생각하면 손가락이 오그라들고, 얼굴이 화끈거린다. 십 대의 나는 이상하게도 다른 부모들이 자식을 왕자, 공주라고 부르는 게 못마땅했다.

'자식이 왕자면 본인은 왕이라는 소리냐. 순전히 자기 칭찬이잖아?'

나의 사춘기는 투덜거림과 까칠함의 범벅이었다. 나는 결코 왕자니, 공주니 하는 용어를 사용하지 않겠노라 다짐했다. 그건 허세 가득한 남자애가 "계집아이같이 살지 않겠어!" 하고 외치는 결심에 가까웠다. 그러나 나는 십 수 년 뒤 그 말을 취소해야 했다. 첫 딸을 안아 들었는데 내 입에서,

"공주네, 공주야!"

라는 말이 튀어나온 것이다. 순전히 무의식이었다. 실망이나 혼란스러움을 느낄 새도 없이 나는 공주라는 말을 자꾸 내뱉었다. 공주의 평범한 아비가 되어 보니 세상에는 자식 수만큼의 왕국

이 존재한다는 사실을 깨달았다. 부모들은 자식을 바라볼 때면 어김없이 로열 패밀리 콩깍지를 쓴다. 크기는 또 얼마나 큰지.

그런 맥락에서 나의 일터인 학교는 왕족 교육기관이다. 왕자와 공주는 당연한 권리처럼 사랑과 지지를 갈구하며, 고품격에 어울리는 대접을 원한다. 스무 명이 넘는 왕자와 공주가 자신감 넘치는 표정으로 나를 바라본다. 나는 왕족 교육의 대리인으로서 어린 왕족을 존중하고 성심껏 가르쳐야 한다.

우리 반 신영이는 공주의 권위를 극대화한 케이스다. 신영이는 평범한 공주가 아니다.

무려 곤듀다. 곤. 듀.

낯선 호칭에 놀라지 않기를 바란다. 곤듀는 일반적인 공주와 구별 짓기 위한 그녀만의 네이밍이다. 하루는 곤듀님이 호칭의 의미를 설명해준 적이 있다.

"곤듀는 공주의 왕 같은 거예요. 신성하죠."

확신에 가득 찬 곤듀님의 목소리에 나는 감히 의혹을 품지 못했다. 절대 권위에 의문을 제기해서는 안 된다.

신영이는 어느 곳에나 자화상 캐릭터를 그려 넣는다. 드레스를 입고 왕관을 쓴 모습이다. 곤듀의 세계에서 곤듀는 우주에 중심에 있다. 신영이를 위해 우주가 존재한다. 신영이는 교과서 뒤에 쓰는 초등학교 이름도 곤듀 초등학교로 바꾼다. 세속의 행정기관이 부여한 명칭 따위는 아무것도 아니라는 듯 망설임이 없다.

"짐이 곧 국가다."

나는 루이14세를 오만하다고 여겼는데, 신영이를 보며 오만함이 극에 달하면 우아함의 경지에 이를 수 있다고 믿게 되었다. 신영이는 이름난에 '푼젤'이라고 적는다. 동화 속 머리 긴 미녀 라푼젤을 의미하는 듯하다. 그러고 보니 최근에 라푼젤 애니메이션을 보았다는 얘기를 했다.

신영이가 수학책을 뒤집어 앞면을 내민다. 나에게 보여주고 싶은 게 있는 눈치다. '수학' 글자가 있어야 할 자리에 '예쁜 곤듀의 책(하트)'이라고 적혀 있다. 나도 모르게 한숨과 감탄을 섞어 뱉는다.

'신영이가 외동딸이라더니 어지간히 사랑받나 보다.'

나는 불경한 평가를 속으로만 내린다. 다음 학생이 온다. 아까는 라푼젤이었는데, 이번에는 누굴까나. 수학책을 뒤집어 이름을 본다.

귀염뽀짝.

금손의 영업비밀

무라카미 하루키의 소설 『기사단장 죽이기』에는 초상화가인 주인공이 등장한다. 그는 꽤 성공적인 초상화가이다. 비결은 사진처럼 그리지 않는 것. 그는 초상화를 그리기에 앞서 의뢰인과 충분히 대화한다. 같이 술을 마시는가 하면, 차량의 브랜드와 외부 도장 색깔을 분석하면서 의뢰인의 취향과 성품을 파악하려 공을 들인다. 인물의 전체적인 느낌과 인격을 잡아내는 데 꽤 많은 시간과 품이 들기 때문이다.

초상화는 사진과 다른 사실감을 담고 있어야 한다. 일류 초상화가는 의뢰인의 내면과 영혼의 느낌을 화폭에 재현하는 데 능하다. 우리 교실에도 초상화가와 비슷한 포지션에 있는 아이들이 있다. 나는 그들을 금손이라 부른다. 몇 달이 소요되는 초상화 작업과 달리 금손은 민첩함이 생명이다. 쉬는 시간 10분 안에 모든 작화가 이루어져야 하기 때문이다.

고객의 연령은 11세로 금손에게 별도의 보수를 지급하지 않는다. 우정에 기반한 무료 봉사이지만 금손은 기꺼이 작품에 집중한다. 눈을 크게 떴다 가늘게 떴다 하면서 형상을 창조해낸다. 시작부터 마무리까지 금손에게 주어진 시간은 단 10분, 그러나 이 어려운 일을 쉽게 해낸다. 의뢰인의 흡족한 미소를 보면 알 수 있다.

화가의 자질은 타고나는 것일까, 나의 미천한 재주로는 후천적으로 훈련을 하더라도 무리다. 의뢰인의 본질을 이미지로 형상화하는 건 재능의 영역이다. 기교는 따라 할 수 있어도, 깊이감에서 한계에 부딪힐 것이다. 그렇다면 금손은 정말로 대단한 아이가 아닌가. 멀리서 금손의 작업을 지켜보던 나는 새삼스레 존경심이 들었다.

"선생님이 잠깐 구경해도 돼?"

나는 동의를 얻고 금손의 작업을 관찰했다. 이윽고 존경심이 사라졌다. 금손의 비결은 강남 성형외과 영업전략과 일치했다.

V자 얼굴형, 큰 눈망울, 가녀린 다리…

금손이 그린 캐릭터는 옷과 헤어스타일만 약간 다르고, 얼굴이 죄다 똑같았다. 의뢰인과 가장 닮은 건 이름. 그러나 11세 고객에게 현실재현은 중요하지 않다. 만족도의 핵심은 금손이 의뢰인이 원하는 바를 얼마나 충실하게 발현하였는가에 있었다.

"어머, 거울 속의 나잖아."

신영이는 하나도 닮지 않은 자신의 캐릭터를 보고 좋아한다.

"넌 눈이 크니까 쌍꺼풀에 신경 썼어."

"보는 눈은 있어 가지고."

신영이는 기뻐서 입을 다물지 못한다. 사람은 보고 싶은 대로 보고, 듣고 싶은 대로 듣는다. 상대의 속마음을 살살 긁어주니, 금손은 친구들 사이에서 인기가 좋다. 나는 금손의 앞날을 걱정하지 않는다. 뭘 해도 잘 먹고 잘살 것이다. 사람 마음 얻으면 다 가진 거지 뭐.

워너원과 손흥민

여자애들 다섯 명이 나란히 똑같은 부채를 흔들고 있다. 에어컨 바람 나오는 교실에서 웬 부채질이람. 부채의 정체가 궁금해진다.

“그 예쁘게 생긴 아가씨는 누구야?”

“여자 아니거든요. 워너원이거든요. 칫!”

부채는 슈퍼콘 아이스크림을 사면 끼워주는 사은품이었다.

“워너 뭐?”

“워너원이요. 〈프로듀스 101〉 안 보세요?”

“프로듀스 뭐?”

“에휴, TV 방송이요.”

주은이가 입술을 비틀었다. 정말 이런 것까지 알려줘야 하냐는 표정. 여학생들은 부채를 바꿔가며 손을 놀렸다.

“강다니엘로 나 좀 부쳐줘.”

“강다니엘은 내 건데. 딱 한 번만 해준다.”

“좋네. 좋아.”

바람이 불 때마다 "꺄—" 소리가 들렸다.

"쌤도 한번 부쳐 볼래요?"

"괜찮아."

나는 강제로 부채질 당했다. 바람이 꽤 시원했다.

"슈퍼콘은 얼마야?"

"이천 원이요."

"비싸구나."

수경이는 저금통에서 매일 이천 원씩 빼 쓴다고 했다. 전 멤버 수집이 목표라나. 그런데 알고 보니 멤버가 11명이나 되었다.

"가게에 지훈이가 없어서 그냥 나오려다가 우진이 사 왔어요."

"다령이가 지훈이 갖고 있던데."

"걔는 하루에 두 번 사니까. 그렇지. 현질이 짱이라니까."

우리 반 여자애들은 거금을 주고 사 온 슈퍼콘 포장을 살살 깐다. 행여 힘 잘못 줬다가 워너원 얼굴이 찢어질까 봐 눈에 힘을 콱 준다. 나중에 버릴 때 버리더라도 손상 없이 워너원의 초상을 유지하는 행위가 중요한 것이다. 무결점 포장 벗기기에 성공하면 팬으로서 도리를 다했다는 듯 뿌듯해한다.

나도 며칠 뒤 사 먹어 봤다. 포장은 어떻게 뜯었는지 기억도 안 난다. 크런치 초코와 견과류 토핑의 식감이 꽤 훌륭했다는 느낌만 남아 있다.

손흥민으로 모델이 바뀌고 남자애들도 슈퍼콘을 먹기 시작했다. 그런데 반응이 사뭇 다르다.

"와! 손흥민이다~ 이 형 멋있어."

"나 손흥민 팬이라서 슈퍼콘만 먹잖아."

이런 감탄은 없다. 그저 와그작와그작 씹으며,

"초코 맛있네. 피파 온라인에 손흥민 금카드 뜨면 좋겠다."
하면서 먹는다. 손흥민의 눈과 코를 아랑곳하지 않고 포장지를 아무렇게나 찢는다. 사은품 부채는 어디 있냐고? 알 게 뭐야. 맛있으면 됐지.

슈퍼콘은 빙그레에서 만든다. 나는 문득 빙그레의 수익이 궁금해진다. 부채를 사은품으로 제공하더라도 컬렉션 욕구를 자극해 워너원을 모델로 내세우는 쪽과 남자들이 좋아하는 손흥민을 모델로 쓰는 쪽. 과연 어느 쪽이 더 수지맞을까.

그 회사의 수익을 짐작할 길이 없지만, 손흥민의 얼굴이 훨씬 많이 찢겼다는 것은 확신할 수 있다.

맥시멀리스트와 미니멀리스트

세상에는 두 부류의 인간이 있다. 만약을 대비하여 뭐라도 저장해두는 인간과 그렇지 않은 인간. 이 기준에 따르면 B는 확실히 저장하는 축에 속한다. 그녀의 책상은 모든 상황에 대처할 수 있도록 만반의 준비가 되어 있다. 맥시멀리스트의 소지품을 살펴보자.

책상 왼쪽에는 미니 빗자루와 쓰레받기 그리고 에코백이 달려 있다. 반대편에는 멜로디언과 리듬악기 세트가 주렁주렁 매달려 있고. 상판에는 물병과 스냅백, 필통, 파우치가 자리한다. 서랍과 파우치는 언뜻 보기에도 저장용량을 초과한 물건들로 가득하다. 의자도 예외는 아니다. 빨간 크로스백과 남색 백팩이 위태롭게 비명을 지른다. 이런저런 주머니는 만실을 자랑하는 호텔마냥 불룩하다. B는 쇼핑을 즐기고, 새로 산 물건을 친구와 함께 평가하며 스트레스를 푼다.

그런데 요즘 B는 시무룩하다. 자리를 바꾸면서 새로운 모둠이 꾸려졌는데, 짝꿍이 미니멀리스트이기 때문이다. 거기다가 아주기가 세다. 몸짓 신호의 뜻이 다른 고양이와 개처럼 둘은 자주 부딪친다.

"B야 책상이 너무 지저분하지 않니? 모둠도 같이 더러워지잖아."

"응 알았어. 치울게."

유순한 편인 B는 순순히 물건을 정리한다. 깍쟁이 미니멀리스트도 적당한 선에서 참으면 될 것을, 눈에 거슬리는 족족 어김없이 잔소리를 늘어놓는다.

"바닥이 이게 뭐야. 너 때문에 우리 모둠 청소 검사 늦게 받잖아."

미니멀리스트의 카리스마는 상당해서 다른 아이들이 토를 달 수 없다. 짝꿍이 바뀐 이후 B 얼굴에서 웃음기가 사라졌다. 불빛을 비추면 나타나는 비밀글씨펜이라던가, 건전지로 작동하는 전동지우개는 사물함에서 잠들었다. B는 수업에 흥미를 잃었다. 딴청을 피우거나 백일몽 속에서 헤맨다. 구슬리고 달래보아도 소용이 없었다. 나는 특단의 대책을 세운다.

"B야, 전동지우개 좀 빌려줄래?"

연필 자국이 남은 교무 수첩 표지를 미주에게 내밀었다. 사실 나는 연필 자국 따위야 신경도 안 쓰지만, 전동지우개를 꺼내게 만드는 구실이 필요하다. B는 어리둥절하다가, 겨우 전동지우개를 찾았다. 며칠 만에 처음 쓰는 듯 시간이 걸렸다.

"여기가 전원 버튼이에요. 누르면 켜지는 거 보이죠?"

B는 영업제한으로 두 달 간 문을 닫았다가 마침내 장사를 재개한 카페 사장님처럼 표정이 밝아졌다.

"오오 신기해."

전에도 사용해본 적 있지만, 처음 보는 물건인 것처럼 호들갑을 떨었다. 신기하다고 간절히 믿으니 진짜로 신기한 느낌이 났다. 나는 B를 위로하고 격려하고 싶었다.

"진짜 잘 지워져."

B가 활짝 웃었다.

"그쵸? 물건 볼 줄 아시네요."

미니멀리스트도 그 광경을 모두 지켜보았다. 내가 떠난 후 미니멀리스트가 B에게 접근했다. 또 잔소리하는 줄 알고 긴장했으나, 둘은 함께 웃으며 전동지우개를 만졌다. 공책에 적힌 글씨를 지우기도 했다. 곧이어 B가 처음 보는 다른 물건을 꺼냈다. 보나마나 정체불명의 신박한 물건일 것이다. 흐음, 맥시멀리스트와 미니멀리스트가 만나면 평범한 인간이 되는 것인가. 향후 둘의 관계가 자못 궁금해진다.

흑염룡

우리 반 피구 경기는 소란스럽다. 움직임보다 말이 더 많다. 비율로 따지면 공격 1에 설명 10.

"파이널 블레이져!"

"토네이도 앵글 패스!"

초등학생 눈에만 보이는 불꽃과 소용돌이가 있다. 성인에게는 터무니없지만, 이 세계를 공유하는 자들은 꽤나 진지하다.

"다크 플레임 디펜스!"

진우는 우리 반 남자 에이스다. 팀원이 많을 때 진우는 평균보다 약간 더 나은 기량을 보여주는 데 그치지만, 그의 진가는 홀로 남겨졌을 때 발휘된다. 진우는 위기 상황에서 각성하여 흑염룡 모드에 돌입한다.

"화룡의 철궈언~!"

최후의 1인이었던 진우가 화룡의 철권으로 일곱 명을 아웃시키고 게임을 뒤집은 사건은 전설이다.

"내가 아니라 얘가 한 거야."

진우는 승리의 영광을 왼팔에 봉인된 흑염룡에게 바쳤다. 새삼스러울 것도 없다는 듯 침착한 얼굴이었다. 진우는 본인이 중2병에 걸렸다고 생각지 않고, 진심으로 흑염룡의 힘이라 믿는다. 흑염룡은 교실을 쿵쾅쿵쾅 뛰어다닌다. 목소리가 너무 커서 귀청이 아프다는 점만 빼면, 나름 귀여운 구석이 있는 드래곤이다.

그런데 진우가 오늘은 어쩐지 힘이 없다. 어깨가 바닥에 질질 끌린다.

"우리 흑염룡이 왜 이렇게 잠잠하실까? 어디 아파?"

진우의 얼굴에 어두운 그늘이 내려앉았다. 이루 말할 수 없이 침통한 표정.

"독감 예방 주사를 맞아서 흑염룡이 죽었어요."

"풉!"

나는 허벅지를 꼬집었다. 슬픈 아이는 농담의 대상이 아니다. 그러나 이런 상황은 좀처럼 드물기에 적당한 위로의 말을 찾기가 어렵다. 내 딴에 위로를 건넨다는 게,

"요새 백신이 좀 세게 나오는 모양이다."

라고 해버렸다. 진우는 고개를 절레절레 저었다. 실언을 해버린 것이다. 수습할 틈도 없이 진우는 나를 외면했다. 인간에게서 그림자가 떨어져 나가면 저런 기분일까. 진우는 온종일 침울했다. 마치 꿈을 잃어버린 어른처럼 보였다. 진우도 언젠가는 어른이 되어 흑염룡 시절을 회상하겠지. 혹시 인간은 자기만의 흑염룡

을 잃어버릴 때 나이를 먹는 게 아닐까. 만일 내가 교무실에서

"칠흑봉황검!"

하면서 월간학사일정을 작성한다면 다들 나를 광인 취급할 것이다. 어른은 철이 들었다는 증거로 흑염룡을 일상생활에서 완전히 숨겨버려야 한다. 시간이 갈수록 임시로 숨어 있던 흑염룡은 정말로 마음에서 사라지게 되고, 점차 재미없는 어른으로 굳어지고 만다. 그렇게 어른은 피구 경기에 목숨을 걸지 않게 되는 것이다.

교실을 난장판으로 만들어도 좋으니, 흑염룡이 살아 돌아오길 바란다. 나중에는 또 내가 정신이 나갔었지, 하면서 후회하고 툴툴거리겠지만 원래 인간에게는 상상력과 기적이 함께했다는 증거를 곁에 두고 보고 싶다.

석탄과 다이아몬드

열한 살은 산타 할아버지를 믿지 않는다. 다 컸다고 집에서도 선물을 따로 안 챙겨준다. 종교가 없는 아이에게 크리스마스는 공휴일이다. 나는 주간학습 안내장에다 이렇게 적었다.

"즐거운 크리스마스! 멋진 시간 보내세요."

그러나 종이를 받아 든 J는 표정을 구겼다.

"즐겁지 않아요. 우리 집은 파티 같은 거 안 해요. 레스토랑에 가본 적도 없어요."

까칠하게 나오는 정당한 이유가 있다. J는 생일날 집에서 케이크라도 자르면 다행인 아이다. 케이크 못 먹는 아이가 어디에 있냐고? 나도 몰랐는데 정말 있었다. J만 그런 건 아니다. 사연 많은 산골에는 슬픈 일이 수시로 일어난다.

도시에 거주하던 부모가 여러 사정으로 자식을 시골 부모에게 맡긴다. 조부모님은 아이의 학습을 봐주는 데 어려움을 겪는다. 또 소득이 감소하고, 체력이 부쳐 아이에게 다양한 경험을 제공하지 못한다. 장년 구혼자가 개발도상국에서 매매혼을 하고는 무지막지한 폭력을 휘두른다. 나이가 어린 외국인 신부는 아이를 두고 고향으로 떠난다. 남겨진 아이는 정서 불안과 우울을 앓고 여러 면에서 발달이 지체된다. 아버지는 일자리를 구하지 못한 박탈감에 알코올 중독 증상을 보인다. 아이는 아버지가 술을 마시면 공포에 떤다. 이런 사정으로 누군가의 생일 케이크가 사라진다. 주말과 휴일을 보내는 방식도 아이마다 천차만별이다.

"공휴일이나 주말에 가족들과 뭐 하면서 놀았는지 적어주세요. 여러분들 상담 자료로 쓰려고 합니다."

방과후 텅 빈 교실에서 설문지를 읽는다. 심호흡을 여러 번 하게 된다. 이 작은 탄광촌에서도 삶의 양식이 극적으로 다르다. 탄소 함량에 따라 석탄과 다이아몬드가 갈리는 것처럼.

부모님 모두 대한석탄공사 정규직인 아이는 주기적으로 서울에 방문한다. LG아트센터에서 뮤지컬 〈마틸다〉를 보고, 국립과천과학관에서 열리는 프라모델 전시에 참여한다. 반면 짝꿍은 주말 내내 유튜브를 보고 게임을 한다. 짝꿍의 보호자는 아이를 삼척 시내에 있는 '가람 영화관'에도 데려가지 않는다. 괴상한 데칼코마니다. 만일 한국이 소득 및 계층에 따른 사립학교가 발달한 나라였다면 이 둘은 한 반에 있을 수 없다.

부모의 직업과 재산은 아이의 정체성과 자존감을 형성하는 데 지대한 영향을 미친다. "직업에는 귀천이 없고, 돈은 삶의 일부입니다"라고 가르치지만, 현실에서 마주하는 아이의 모습은 도덕적 명제보다 적나라하다. 크리스마스 파티를 못 여는 아이와 스키장 다니는 아이는 두드러지게 표가 난다.

나는 사회시간에 헌법을 읽는다. 헌법은 모든 인간이 고귀하다고, 누구나 행복해질 권리가 있다고 선언한다. 때때로 헌법이 블랙코미디같이 느껴진다. 너무 위대하고, 아름다워서 초라한 현실과 비교하는 순간 헛웃음이 터지고 만다. 그래도 나는 세금으로 월급을 받고, 생계를 꾸려가는 공교육 교사이므로 진지하게 헌법을 가르친다. 한국은 각자도생의 사회이므로 하루 빨리 자기 살 길을 찾거라, 이렇게 말하고 싶은 충동을 꾹꾹 누르면서.

거대하고 무거운 주제다. 부조리한 현실은 내가 어찌 손댈 수도 없다. 투표에 참여하고, 아이들을 잘 가르치는 게 그나마 내가 실질적으로 할 수 있는 일이다.

"우리 크리스마스 이브에 파티나 할까?"

도계 전두시장 치킨집에 전화를 넣는다. 교사 월급이 짜도, 통닭 값을 감당할 정도는 된다.

"메리 크리스마스. 건배."

"건배 어떻게 하는 거예요?"

J는 건배를 모른다. 컵 바닥이 보일 때까지 콜라를 털어 마시는 거라고 시범을 보인다. J가 종이컵을 비우고 캑캑거린다. 나는 J에게 콜라를 더 따라준다. J가 캑캑거리며 건배 연습을 하는 게 좋다. 오늘따라 유난히 J가 오버하지만 어색한 걸 감추려는

기색이 역력하다.

내가 받는 월급의 일부에는 건배를 가르치는 비용도 들어 있을 것이다.

J를 위하여 건배.

청소가 뭐 어때서

몸이 가벼운 채연이는 아이돌 가수를 곧잘 따라 한다. 치후는 걷기만 해도 주변에서 배꼽을 잡는다. 숨만 쉬어도 웃기다. 손이 유연한 금비는 대충 끼적거려도 캐릭터가 살아 움직인다. 사람은 저마다 한 가지 이상의 재주를 타고난다. 본인은 잘 모를지라도.

창영이와 미주는 정리정돈의 귀재다. 두 아이의 책상을 지나다가 다시 돌아와서 살펴본 적이 있다. 한눈에 보기에도 말끔하고 청결했다. 자발적 청소왕들은 시키지도 않았는데 물티슈로 책상을 닦았다. 정말로 좋아서 하는 청소라는 게 느껴졌다. 청소왕은 공식적인 무대에서 좀처럼 재능을 뽐낼 기회가 없었다. 그런데 오늘, 두 사람이 재능을 강제 발휘하게 되는 상황이 벌어졌다.

"얼른 들어와 앉아."

"문이 안 닫혀요."

호준이 사물함이 물건으로 가득 찼다. 수업이 시작되어 빨리 사물함 문을 닫고 자리에 앉아야 하는데 문이 닫히지 않았다. 호준이의 열린 사물함을 보고 있자니 영 불편했다. 남의 복잡한 가정사를 원치 않게 들여다보는 기분이었다. 무척 난감했다. 호준이는 나에게 깊은 의미를 띤 눈빛—혹은 혼날까 봐 두려워하는 눈빛—을 보냈다. 창영이와 미주를 불렀다.

"너희가 도움을 줄 수 있을 것 같은데. 선생님이 청소 의뢰를 해도 될까?"

"청소요?"

둘은 수줍게 고개를 끄덕였다. 작업은 점심시간에 하기로 정했다. 호준이 사물함은 수업 시간 내내 열려 있었다. 보지 않으려 해도 자꾸 눈길이 갔다. 어서 빨리 혼돈의 동굴을 닫고 싶다는 강렬한 충동이 일었다. 마침내 점심시간.

"뭐 필요한 도구라도 있니?"

"쓰레기봉투만 있으면 돼요."

창영이와 미주는 미니 빗자루 세트와 향균 물티슈를 가방에서 주섬주섬 꺼냈다. 초등학생 책가방에서 알코올 물티슈가 왜 나오는지 이해할 수 없었지만, 뭐 프로니까. 나는 종량제 봉투를 꺼내 입구를 벌렸다. 청소에 관한 한 나는 철저히 조수에 지나지 않았다.

창영이가 호준이에게 물었다.

"이상한 거 다 버려도 되지?"

"응."

호준이의 동의가 떨어지기 무섭게 이상한(?) 것들이 끌려나왔다. 잡동사니를 치우는 손은 신속하고 무자비했다. 혹시 나중에 필요할지 모른다는 일말의 망설임이나 거리낌이 전혀 느껴지지 않았다. 호준이는 눈을 꾹 감았다. 사물함은 압축기라도 된 듯 구겨진 종이와 음료수 캔 따위를 끝없이 뱉었다. 이에 질세라 봉투도 쓰레기를 꾸역꾸역 받아먹었다. 굉장한 결투 장면을 보는 듯했다.

"너 그동안 수업은 어떻게 받았어?"

"그냥. 책 넣고 뺐지."

미주는 틈틈이 호준이를 구박했다. 엄마한테 혼나는 아들 같았다. 그래도 호준이는 기죽지 않고, 구차한 변명을 꼬박꼬박 달았다. 미주와 호준이가 옥신각신하는 사이 청소는 마무리 단계에 접어들었다. 창영이가 페브리즈를 골고루 뿌림으로써 청소는 대단원의 막을 내렸다.

"새 사물함 같지?"

"응."

호준이는 사물함을 멋쩍게 쳐다보았다. 창영이와 미주는 옷에 붙은 먼지를 털어내었다. 두 사람은 매우 즐거워 보였다.

"하는 김에 딴 애들 것도 해줄까?"

말릴 새도 없이 둘은 작업에 착수했다. 오 분도 안 되어 우리 반 사물함이 말끔해졌다. 평소 관리가 잘 된 사물함이 많아서 손이 별로 가지 않았다. 호준이 사물함 하나 정리하는 것보다

시간이 적게 걸렸다.

"고마워 정말. 너희 엄청나구나."

나는 박수를 쳤다. 창영이와 미주에게 초코파이와 공책 두 권을 내밀었다.

"아니에요. 겨우 청소한 걸로 받기가 좀."

"겨우가 아니야. 여기가 한국이니까 청소를 우습게 여기지, 호주 가봐. 이 정도 실력이면 사업해도 돼. 청소가 얼마나 전문영역인데."

노동의 가치와 보상은 절대적이지 않다. 어떤 노동에 비싼 값을 치르고, 존경을 표현할 것인지는 사회적 합의의 결과물이다. 나는 나중에 혹시 창영이와 미주의 재능을 무료로 탐하는 파렴치한이 있을까 봐 은밀히 한 마디 덧붙였다.

"누가 공짜로 너희 부려 먹으려 하거든 계약서부터 내밀어, 너희 청소는 진짜 예술이니까."

불가능한 주문

안전수영교실의 백미는 이십 분 남짓한 자유시간이다. 열한 시 오십 분, 아이들은 코치님 호루라기만 바라본다. 호각 신호에 따라 추가 훈련과 자유가 갈린다. 코치님 손이 호루라기를 더듬는다. 휘슬 소리가 길면 25미터 레인을 더 헤엄쳐야 한다. 아무도 원치 않는 미래다. 코치님도 길게 불고 싶지 않을 것이다. 그래서 표정을 더욱 엄격하게 짓는지도 모른다.

예상대로 휘슬은 짧다.

"삐잇! 오늘 훈련 여기까지 하겠습니다. 열두 시 십 분까지 자유 수영 하세요. 뛰면 안 됩니다."

나는 코치님의 마지막 말소리를 못 듣는다. 울부짖음에 가까운 환호성이 말꼬리를 잡아먹었기 때문이다.

"쿠아아아아! 후우 예!"

겁이 나서 천장을 올려다본다.

'소리도 파동이고, 에너지인데 이 정도 세기를 천장이 견딜 수 있을까?'

그러나 천장은 겨우 이 정도로 호들갑이냐는 듯 무심하다. 아이들이 물고기 무리처럼 흩어진다. 자유 수영이 허락된 장소는 총 세 군데이다. 바깥쪽 레인 두 개와 어린이 수영장. 성인 인솔자 세 명이 각 장소로 흩어진다. 별도의 협의는 없다. 빈 곳을 알아서 메우는 식이다.

오늘 내 담당은 어린이 수영장이다. 깊이 1미터에, 너비는 10미터가 되지 않는다. 레인은 없고 물만 있다. 그냥 수영장 안에 있으니까 어린이 수영장이라는 이름을 할당받은 물웅덩이. 진실은 어린이 폭주 놀이터에 가깝다.

나는 눈을 부릅뜨고 어린이 수영장 주위를 맴돈다. 물의 차가운 속성이 발끝을 타고 오른다. 왠지 사고가 터질 것만 같은 불길한 예감이 든다. 수영장 벽면에 경고 문구가 붙어 있다. 지난주에는 없던 경고장이다.

풀장에서 절대로 장난을 치지 마세요!
-광산근로자복지센터 도계 수영장

글자로는 성에 안 차는지, 카카오 프렌즈 캐릭터인 프로도를 함께 넣었다. 프로도는 눈물을 흘리며 손을 앞으로 내민다.

'수영장 관리자가 애들 때문에 힘든가 보네.'

나는 경고장 제작자와 일면식도 없지만, 동지애를 느낀다. '어린이와 함께하는 기쁨과 어려움이란. 겪은 사람만 알지' 하면서 호감이 간다. 같은 종류의 어려움을 느끼는 사람은 이미 내 친구다. 어린이 수영장 주변을 반복해서 맴돈다. 십 분간 아무 일도 일어나지 않는다. 나는 경고장을 다시 한번 읽는다. 문득 엉뚱한 상상이 제멋대로 펼쳐진다.

만약에 풀장에서 절대로 장난치지 않는 어린이가 존재한다면 어떨까. 그 어린이의 이름은 안전모(작위적이지만 왠지 그래야만 할 것 같다)이다. 안전모는 미끄러지지 않도록 바른 자세로 걸음을 옮긴다. 한발 한발 조심스럽다. 그는 풀장에 들어가기 전 심장마비 예방을 위해 몸에 물을 묻힌다. 심장에서 먼 곳에서 출발하여 복숭아뼈, 허벅지, 배까지 구석구석 적신다.

준비운동을 마친 안전모는 무표정으로 풀에 입수한다. 과도한 표정은 까불고 싶은 욕망을 부채질하기 때문이다. 안전모가 발차기, 숨쉬기, 팔동작 훈련을 쉴 새 없이 반복한다. 장난기라는 본능이 고개를 들지 않도록 근육을 혹사한다. 안전모에게 장난은 무가치하다. 유치하고 미성숙한 인간이나 하는 짓이다. 목표한 훈련량을 채운 안전모는 풀 밖으로 나온다. 보일 듯 말 듯한 미소가 입에 어려 있다. 미소는 허투루 수영 시간을 보내지 않은 자신에게 보내는 겸손한 보상이다.

나는 고개를 세차게 젓는다. 아무리 허구의 인물이라지만, 너무 나갔다. 왜 자꾸 엽기적인 아이디어가 떠오르는지 모르겠다. 만일 안전모가 등장하는 영화가 있다면 하드코어 호러 장르일 것이다. 세상에 그런 5학년 초등학생은 없다. 있어서도 안 되고.

이런저런 생각에 푹 젖었던 찰나, 차가운 감촉이 든다. 바짓단이 축축하다.

"낄낄낄."

규훈이가 내게 물을 뿌리고 있다. 이건 상상이 아니다.

"하지 마. 규훈이."

"쌤도 같이 놀아요."

녀석은 너무나도 당당하다. 규훈이의 세 번째 시도는 내 팬티를 젖게 하는 데 성공한다. 지난주처럼 수영복을 입고 왔다면 녀석에게 물을 먹였겠지만, 오늘 나는 치노팬츠 차림이다. 절대적으로 불리한 싸움이다.

"그만해. 선생님 화났어."

"켈켈켈."

수영장에는 어린이를 흥분시키는 요정이 산다. 치노팬츠가 물을 먹어 색깔이 변하는 장면이 좋은지 규훈이는 자꾸 물을 뿌린다. 가랑이 사이로 물기가 선명하게 느껴진다. 사람이 젖은 팬티를 입으면 과격해진다. 나는 치노팬츠고 뭐고, 바짓단을 걷어 발로 수면을 찬다. 나아가는 물방울보다 내게 도로 튀는 물방울이 훨씬 많지만 어쩔 수 없다. 지금 내가 해야만 하는 행위는 자멸에 가까운 복수다.

시시한 물방울 몇 개가 규훈이 얼굴에 닿는다.

"아이 시원해."

규훈이는 더 뿌려보라며 가까이 다가온다. 이미 젖은 자에게 물은 어떠한 충격도 주지 못한다. 내 바지만 더 젖는다. 이 바지를 입고 퇴근해야 하는 나는 싸울수록 패배한다.

삐익—

긴 휘슬 소리가 들린다. 저 멀리서 수영장 관리자가 나를 쏘아본다. 벽에 걸린 경고장을 가리킨다. 거리가 멀어 눈빛을 제대로 읽을 수는 없지만, 왠지 한숨을 쉬는 것 같다.

풀장에서 절대로 장난을 치지 마세요!

억울해요, 얘가 먼저 그랬단 말이에요.

탈의실 생존기

나는 탈의실 입구에서 대기하고 있다. 남학생들이 아무렇게나 던져버린 수영 가방 사이로 간신히 드라이기를 구출한다. 샤워실에서 괴성이 울려 퍼진다. 침을 꿀꺽 삼킨다. 나는 드라이기를 엑스칼리버마냥 움켜쥔다. 첫 번째 친구가 정체를 드러낸다.

뚝뚝뚝!

저 물을 막아야 한다. 슝, 민첩한 녀석은 나와의 정면 만남을 피한다. 나와 문 사이 빈틈을 빠져나와 보관함으로 직행한다. 바닥에 물광이 생긴다.

"몸 닦아야지!"

"지금 수건 없는데요?"

미리 준비했어야지, 샤워실에 수영 가방 놓아두는 선반 있잖아 같은 말은 십 대 초반의 어린이에게 통하지 않는다. 두 번이고, 세 번이고 계속 말해도 까먹는다. 그냥 그런 나이인 것이다. 만일 당신이, '열두 살쯤 되었으면 수건 없으니까 선생님에게 대신 가져다 달라고 부탁하든지, 친구 수건을 나눠 쓰는 성의라도 보이는 게 정상 아닌가?' 이렇게 생각한다면 초등학교 선생님을 하기 힘들다. 일주일도 되지 않아 건강한 정신이 무너지고 말 것이다.

"수건 갖다줄 테니까 열쇠 주고 다시 들어와."

그러나 때는 늦었다. 온몸에서 뚝뚝 흘러내린 물은 이미 탈의실을 연못으로 만든다. 나는 수영장 발 닦개를 가져와 물기를 훔친다. 잠시 등을 돌리고 바닥 닦는 사이, 한 무리의 머슴애들이 후다다닥 튀어나온다. 좀 전에 닦은 장소에 다시 홍수가 일어난다.

"물 닦고 있는 거 안 보여? 몸부터 닦고 오라고."

뚜두두둑, 인내의 밧줄이 한껏 당겨진다.

'제발 미리 좀 수건 준비해줘! 내가 다섯 번은 안내하고, 적어주고, 말했잖아!'

차가운 감촉이 하체 신경을 타고 올라온다. 양말이 흠뻑 젖었다. 저번에는 팬티더니 이번에는 양말이다. 이 혹독한 수영 수업에서 나의 의류는 무사할 수 없다. 언제나 처참하게 젖는다.

'운명이야, 받아들이자, 이러라고 선생님이 있는 거잖아.'

후읍 하~ 심호흡한다. 학생과 연대 의식을 극대화하고자 초등학교 시절을 생각한다. 나의 평화로운 유년기는 얼마나 많은 선생님의 조각난 가슴 위에 존재하는가. 성난 마음이 조금 가라앉는다.

하지만 진정 국면은 짧다.

"이제 가도 돼요?"

수건에 물을 살짝 적신 아이들이 탈출을 시도한다. 2초 만에 나의 당혹 게이지는 100으로 치닫는다.

'뭐? 이 상태로? 도대체 왜 이러는 걸까?'

그들은 물기를 말린다거나 몸을 닦는 행위를 이해하지 못하는 것 같다(혹시 알면서 모른 척하는 건가). 치후는 폭주 전사처럼 수건을 이십 초간 휘두른다. 그리고는 몸 닦기 종료를 선언한다. 치후는 물기를 훔친 게 아니라, 쌍절곤을 휘둘렀을 뿐이다. 내가 앞을 가로막아보지만 치후는 무지막지한 힘으로 돌진한다.

"여기까지! 등과 허벅지에 물방울이 한가득이네. 더 닦아보렴."

치후가 아까보다 더 현란한 동작으로 몸을 때린다. 그것도 같은 부위만 때린다. 물기는 그대로고 피부만 빨갛게 달아오른다. 치후 수건의 용도는 건조가 아니라 육체의 극한을 테스트해보는 도구다.

"가도 돼요?"

정말 한결같다. 결국 보다 못한 내가 몸을 닦아준다. 다음 녀석도 닦아준다. 그러나 이 방법은 시간이 너무 오래 걸려서 비효율적이다. 세 사람을 시범 조교로 임명하여 아직 몸을 안 닦은 아이들이 따라 하게끔 한다.

그사이 나는 헤어드라이어를 가동한다. 놀랍게도 수영장 테팔 이온 드라이어 성능은 발군이다. 이 공간에서 드물게 나를 위로해주는 존재다. 기계의 도움으로 머리 말리기를 끝낸다. 아이들은 이제 탈의실에 없다. 탈수기를 확인한다. 제발 남은 물건이 없기를 바라지만, 그런 일은 벌어지지 않는다. 소지품 분실은 뉴턴 역학법칙만큼이나 확실하다. 예외는 없다.

"하얀색 아레나 수영모 누구 거야?"

한 사람만 올 줄 알았는데 두 아이가 내게 왔다 간다. 놀랍게도 주인은 아니다. 5분 뒤 제3의 인물이 자기 물건을 찾아간다. 흐음, 이것이 초등학생의 일상다반사.

아직 할 일이 남아 있다. 물품 보관함을 하나씩 점검한다. 구린내 나는 양말 두 짝과 꽂아 두고 간 열쇠 세 개를 수거한다. 진짜 마지막으로 화장실 문을 열고 "OO초 누구 있니?" 외친다. 대답은 없고 톡 쏘는 암모니아 냄새만 휘몰아친다. 미간을 찌푸렸지만, 기분은 좋다. 정말로 끝이다.

"쌤 제 수영복 못 보셨어요? 남색인데."

교문을 목전에 두고 수영복 하나가 없어졌다는 신고가 들어온다. 와우! 흠, 하, 흠, 하 심호흡을 한다.

"거기 수영장이죠? 죄송한데 수영복 나오면 연락 좀 부탁드릴게요. 남색입니다."

초등학생의 물건에는 발이 달려 있다. 선생님을 직업으로 하는 한 나는 영원히 그 발을 쫓아다닐 뿐이다.

빅맥

숙제 안 해 온 아이들을 혼냈다. 덩치 큰 내가 혼내니 아이들이 움츠러든다. 나는 아이들을 작게 만들었다는 생각에 마음이 무겁다. 혼난 애들이 쉬는 시간에 햄버거 놀이를 했다.

"이거 빅맥이에요. 대빵 크죠?"

인간 햄버거가 말을 건다. 벌써 한 시간 전의 괴로움을 잊은 듯했다. 햄버거는 재료별로 역할이 있다. 보라색 옷 입은 지수는 적양파, 초록색 옷 입은 주은이는 양상추, 핑크색 옷 입은 소원이는 마요네즈다. 삼척에는 맥도날드 매장이 없다. 그런데 애들은 귀신같이 알고 빅맥송을 부른다. 어쩜 아이들이란. 밝게 웃는 햄버거를 보면서 생각에 잠긴다. 나는 빅맥과 특별한 인연이 있다.

내가 어렸을 때 부모님은 꽃집과 레포츠용품점을 운영하셨다. 꽃집을 먼저 하셨고, 수익이 조금 나서 레포츠용품점을 여신 것이다. 그런데 장사는 생각보다 잘되지 않았다. 급기야 IMF가 터져 레포츠 가게를 접고, 우리는 빚을 뒤집어썼다.

"이제부터는 아껴서 살아야 해."

초등학교 5학년, 나는 암울한 집안 사정에 잔뜩 움츠러들었다. 스트레스를 풀기 위해 폭식하는 습관이 생겼다. 토하기 직전까지 먹어댔다. 나는 1년 만에 중증도 비만에 걸렸다. 식습관 문제로 부모님과 마찰을 빚었다. 그런데 어머니와 시내에 간 어느 날, 맥도날드 앞에 멈춰 섰다. 맥도날드는 칼로리의 천국. 중증도 비만 학생이 들어가서는 안 되는 금단의 장소였다.

"들어가."

나는 머뭇거렸다. 살도 살이지만, 한 푼이라도 더 모으려 외식을 삼가던 시절이었다. 외식 한 끼 값이면 집밥 두 끼를 먹을 수 있다. 살도 뺄 수 있고.

"어서 들어가."

나는 마지 못해 문을 열었다. 치킨 냄새, 쇠고기 냄새가 얼굴에 훅 끼쳤다. 광고를 보며 상상만 하던 냄새였다. 행복했지만 너무 티 나지 않도록 애썼다.

"뭐 먹을래?"

"불고기버거 먹을게."

내 식성과 양을 아는 어머니는 고개를 저었다.

"빅맥 먹어. 좋아하잖아."

"괜찮은데…"

"한동안 이런 거 못 먹었으니까 빅맥 먹어도 돼."

어머니는 밀크셰이크만 시켰다. 나는 빅맥 세트에 딸려 나온

감자튀김을 어머니와 나누어 먹었다. 정말 맛있었다. 아무리 힘들고 기운 빠지는 날이 이어져도 가끔 빅맥을 먹으면 기분이 좋아질 것 같았다.

I'm lovin' it

맥도날드의 구호 덕분인지 우리 집은 어쨌거나 잘 풀렸다. 지금 부모님은 넉넉하게 지내시고, 나와 여동생도 자기 자리를 잡고 산다. 그래도 빅맥을 떠올리면 지금의 나와 나이가 같았을 어머니가 생각나면서 고맙고, 마음이 복잡해진다. 나는 햄버거 놀이를 하는 우리 반 아이들을 불러 초콜릿을 하나씩 준다.

"하나씩 먹어. 다음부터는 숙제 꼭 해 와야 해."

우리 반 빅맥이 웃는다. 역시 힘들 때는 맛있는 걸 먹어야 한다.

마지막 선물

내일은 보은이의 삼척 마지막 날이다. 목요일부터는 제주도에서 산다. 만난 지 얼마나 됐다고 갑작스레 떠난다. 시골에는 사람 넘나드는 게 드물어서 한 사람 한 사람이 크게 다가온다.

보은이는 3월에 전학 왔다. 나는 보은이가 도계에서 초등학교를 졸업할 줄 알고 교우관계를 걱정했다. 4학년쯤 되면 여학생들의 무리 짓기가 시작된다. 도시처럼 학생 수가 많으면 무리도 다양하게 존재하니 어디든 끼어들 수 있다. 그러나 여기는 산간 탄광촌이다. 밥상에 놓인 수저 개수를 알고 지내는 동네, 친척, 인척, 외척으로 묶여 어떤 식으로든 두 다리 건너면 연결되는 사이다. 촘촘한 거미줄 관계망은 처음부터 지역민으로 나고 자란 아이에게는 편하지만, 외부인에게는 가혹한 조건이다.

나는 보은이를 수시로 관찰했다. 보은이는 기본 성정이 시원시원한 아이. 보은이의 최대 강점은 선을 넘지 않는 농담으로 분위기를 맞출 줄 안다는 데 있었다. 재미있는 아이는 어디서든 살아남을 수 있다. 또 눈치도 빨라서,

"이 김밥 봐요. 대왕 커요. 쌤 먹어요."
하며 선생님과 유대의 끈을 놓지 않았다. 나는 보은이가 건강하고 웃긴 아이라고 생각했다. 태백 365세이프 타운에서 완강기 훈련을 할 때는 어찌나 괴성을 지르던지 보조 선생님의 청력이 염려될 정도였다. 나는 불이 나도 보은이만큼 크게 소리를 낼 자신이 없다. 그렇게 100일간 추억이 두텁게 쌓였다. 이제 익숙해지나 했더니 머나먼 섬으로 간다.

"선생님 이거 제가 만들었어요."

보은이가 클레이아트 강아지를 내밀었다. 선뜻 받을 수 없었다. 나는 학생에게 선물을 받지 않는다. 캔 하나, 껌 하나도 고사한다. 작은 것 하나라도 받으면 보답해야 한다는 압박감이 생겨서 그렇다. 그럴 바에야 선물을 거절하는 게 마음 편하다. 그런데 보은이 선물은 바로 돌려보내지 못했다. 한 시간만이라도 곁에 두고 싶었다.

강아지를 모니터 앞에 놓았다. 오밀조밀 정성껏 만든 작품이다. 형태가 온전하고, 색이 선명하다. 망가진 부분도 없다. 비슷한 재료로 미술 수업을 해본 나는 클레이아트로 이 정도 완성도를 유지하는 게 얼마나 어려운지 잘 안다. 강아지를 만져보니 아직 촉촉하다. 급히 이사 준비하느라 경황이 없을 텐데, 공들여 빚었을 보은이를 생각하니 가슴이 먹먹해졌다.

"정말 애써서 만들었더구나. 고마워, 마음만 잘 받을게."

보은이에게 강아지를 돌려주며, 캐릭터 연필과 샤프펜슬을 위에 보탰다. 그러나 보은이는 한사코 거절했다. 정말로 괜찮다고 해도 두 번, 세 번 다시 돌려주었다. 상대의 호의를 감사히 잘 받는 것도 예절이다. 그런데 내 생각만 하는 나는 그만 보은이 마음을 다치게 하고 말았다. 결국 연필과 샤프펜슬을 거두어 들였다.

목요일부터는 허스키하면서도 톡톡 부러지는 "저요! 발표시켜주세요"를 들을 수 없을 것이다. 한 사람의 공백이 벌써부터 쓸쓸하다.

가서도 잘 지내야 해..

BHC치킨 마니아

여름밤이면 치킨 욕구가 차오른다. 밤에 튀김 먹으면 소화 안 돼서 몇 조각 먹고 내려놓지만, 습관대로 주문하고 만다. 그런데 십 대 애들은 아무렇지 않은가 보다. 저녁을 든든히 먹고 아홉 시에 치킨 반 마리를 먹어도 다음 날 멀쩡하게 등교한다.

우리 반 진우는 BHC치킨 마니아다. 단순히 좋아하는 음식으로서의 치킨이 아니라 진지한 의미에서 치킨 마니아다. 진우의 삶에서 BHC는 삶의 중심에 놓여 있다. 좀 이해가 안 될 수 있는데 예컨대 이런 식이다.

사흘 전 국어 수행평가에서 치킨이 화제였다. 주장하는 글을 쓰는데, 진우는 창업권고문을 작성했다.

> 누구든 얼른 와서 BHC 도계점을 내세요. 첫째, 도계에 BHC 마니아가 많은데, 뿌링클 치킨이 먹고 싶어서 동해나 삼척 시내까지 나갑니다. 시간도 오래 걸리고 돈도 많이 듭니다. 만약에 도계에 가게를 내기만 하면 제가 온 동네 친척을 데려와 매출을 올려드리겠습니다. (…)

근래 보지 못한 명문이자, 진우 개인 경력을 통틀어 가장 뛰어난 작품이었다. 나는 매출이라는 단어에 동그라미를 쳤다. 쭈꾸미집 아들다운 단어 선택이었다. 이것이 끝이 아니다.

오늘 5, 6교시 미술 활동은 반전 그림 만들기였다. 반전 그림은 종이접기를 이용한 일종의 트릭아트다. 겉보기에는 평면 그림이지만, 접혀 있던 부분을 펼치면 숨어 있던 이미지가 드러난다. 아이들은 두 시간 동안 작품 하나만 제출하면 된다. 그런데 진우는 세 개나 가져왔다. 이름 하야 BHC치킨 파노라마 3연작.

미래에 BHC치킨 사장님이 된 진우와 아내가 주인공이다. 부부의 곁에는 정성껏 튀긴 뿌링클 치킨 상자가 고소한 냄새를 풍긴다. 상자 뚜껑을 위로 젖히자 황금빛 닭 다리와 치즈볼이 고개를 내민다. 상자 구석에는 쿠폰까지 챙겨주는 센스.

치킨집 아저씨 진우는 대머리다. 종이를 들어 올리자 졸린 듯 하품을 쩍 한다. 치킨을 많이 먹으면 기름 섭취가 늘어나 두피 건강에 도움이 되지 않을 것이다. 기름 낀 두피는 필연적으로 탈모를 유발한다. 과학적인 면모가 돋보인다.

진우의 부인은 "여보 옷 사줘!" 하며 고함친다. 불만 섞인 음성이 귀에 들리는 것만 같다. 아내와의 불화가 진우의 탈모에 영향을 미친 모양이다. 나는 최근 진우의 치킨 관련 작품에 박수를 보낼 수밖에 없었다.

그런데 만일 도계에 BHC매장이 있었다면 진우가 걸작을 쓰고, 치킨 디오라마 3부작을 완성할 수 있었을까. 알 수 없는 부분이지만, 나는 아니었으리라는 생각을 한다. 적절한 수준의 결핍과 좌절이 진우의 의욕을 자극한 건 분명해 보인다.

잠시나마 나는 긍정적으로 변해가는 진우를 보며 이상한 욕심을 품었다. 진우의 소망이 차라리 이루어지지 않는 편이 낫지 않을까, 진짜로 치킨 가게가 들어서면 진우는 현재의 찬란한 빛을 잃어버리게 되지 않을까, 하고 아이의 반대편에 서 버린(당연히 속으로) 것이다. 그 편이 아이에게 더 유익하리라는 자의적인 판단에서 그랬다. 하지만 내게는 그럴 권리가 없다. 아무리 진우를 아끼는 교사의 입장이라 해도 내 기준에 따라 누군가의 소망을 도구적으로 이용하는 건 주제넘은 짓이다. 물론 BHC 도계 입점이 내 의사에 따라 이루어지는 것은 아니다. 하지만 치킨을 매개로 진우의 무언가를 끄집어내려는 욕망은 위험하지 않을까, 하고 최근 고민이 깊었다.

이 모든 논의와 별개로 가장 중요한 사실은 치킨 앞에서 유익함을 논하는 건 의미가 없다는 점이다. 통풍과 콜레스테롤과 비만의 위험 앞에서도 우리는 용감하게 치킨과 맥주를 먹을 수밖에 없으니까.

현대인의 공통점

나는 안드로이드폰만 쓴다. 반면 동생은 애플 제품만 쓴다. 각자 장단이 있겠지만 너무 먼 길을 와버려서 돌아가기 귀찮은 사람들처럼 본인의 방식을 고집한다. 새로운 시스템에 적응하려면 노력과 시간이 든다. 호기심에 새로움을 시도해 볼 수는 있겠으나, 안 그래도 바쁜 삶에 아주 불편하지 않으면 다른 삶의 양식을 시도할 엄두가 안 난다. 손에 익고, 단순한 게 좋다.

미술 교과서에 판화 단원이 나온다. 여러 표현 방식이 있지만 나는 고무 판화를 선호한다. 연필이나 붓과는 표현하는 맛이 다르고, 재료도 비교적 저렴하기 때문이다. 칼 쓰는 재미도 쏠쏠하다.

물론 칼이다 보니 안전사고의 부담은 존재한다. 나는 조각칼이 고무판 말고 인간의 살을 파내는 장면을 몇 번 보았다. 물처럼 흘러내리는 붉은 기억이 선명하다. 그렇지만 위험하다고 아무것도 하지 않으면 성장할 수 없다. 매년 고무 판화 수업을 하면서 나름 요령이 생겼고, 작업 방식도 어느 정도 익숙해졌기에 올해도 판화용 고무판을 주문했다.

각별히 신경을 쓴 부분도 있다. 밑그림 작업을 어려워하는 학생을 위해 거장의 작품을 준비한 것이다. 히에로니무스 보스, 레오나르도 다빈치, 클로드 모네, 앵그르, 뭉크 등 미술사에 등장하는 주요 작가 열댓 명을 추렸다. 활동 시기도, 국적도 다르지만 다양한 화풍을 경험하면서 영감이 깃들기를 기다렸다.

'아무래도 대중적인 레오나르도 다 빈치나 피카소가 인기겠지?'

가슴이 두근거렸다. 우열을 가릴 수 없는 아름다움 중 하나를 꼽아야 하는 상황은 몹시 고통스럽다. 모네와 마티스, 조토와 라파엘로의 선택은 내게 고문에 가깝다. 초조해하며 손을 비볐다. 과연 어떤 작품이 빛을 볼 것인가.

그러나 나의 진지한 열망은 곧 우스운 착각으로 밝혀졌다.

"선생님 저는 뭉크요."

"저도요. 뭉크."

뭉크, 뭉크, 뭉크. 아이들은 오로지 뭉크만을 원했다. 압도적인 지지세. 이유를 추정할 수 없었다. 세기말적 불안이 스멀스멀 피어오르는 붓 터치 때문인가, 아니면 복지 선진국인 노르웨이를 동경하는 것인가.

"왜 갑자기 뭉크 바람이야?"

"절규가 제일 그리기 쉽잖아요."

이럴 수가, 내가 어떻게 예시 작품을 골랐는데. 나야말로 절규

하고 싶었다. 간간이 모나리자를 선택하는 아이도 있었으나, 손이 많이 간다는 이유로 세밀한 배경 묘사를 생략했다. 레오나르도 다 빈치의 전매특허, 스푸마토 기법은 콜로세움의 사자 먹이만도 못한 취급을 받았다.

"모나리자에는 스푸마토 기법이 쓰였어요. 색깔 변화를 미묘하게 해서 윤곽선이 잘 드러나지 않게 한 거죠. 그래야 부드러운 느낌이 나거든요."

"네, 네 선생님. 레오나르도 다 빈치가 짱이네요."

예술의 종말. 아이들의 생각은 '저 사람들이 위대한 건 알겠는데요, 저는 됐어요'로 굳어 있었다. 나는 이미 아이들에게 스케치 선택권을 주었고, 강제하지 않겠다고 약속했다. 민주적인 학급을 만들고 싶은 나의 바람은 의도와 달리 '어려운 건 개나 줘버려!' 정신의 간편함에 이용당하고 말았다. 그래도 약속은 약속이기에 뭉크를 선택한 열일곱 명에게 고무판을 나누어 주었다. 오늘따라 고무 냄새가 유난히 지독했다.

학생들이 짐작도 하지 못할 이유로 부루퉁해 있던 나는 잉크를 꺼냈다. 곧 징글징글한 '절규' 고무판 열일곱 개가 도착할 것이다. 기분이 별로일 때는 할 일을 성실하게 몰입해서 하는 편이 좋다. 나는 잉크의 농도와 질감을 파악하기 위해 미리 연습했다. 잉크를 충분히 묻히고 롤러에 힘을 주어서 밀면 그다지 어렵지 않다.

"선생님 저 밑그림 파내는 거 다 했어요."

"칠판에 잉크 묻히기 과정 적어둔 것 보이지? 직접 해볼까?"

"제가 하면 망할 것 같아요."

"내가 시범 보일 테니까 잘 봐."

나는 능숙하게 롤러를 위아래로 밀었다. 두꺼운 고무판과 롤러가 만나면서 쩍쩍 소리를 냈다. 잉크가 적절한 농도라는 증거였다. 자신감이 붙었다. 손에 힘이 들어간다.

'좋아, 세 번만 더!'

투둑, 잉크가 튀었다. 산 지 두 달밖에 안 된 내 베이지색 면바지에. 불규칙하게 흩뿌려진 잉크는 빠른 속도로 섬유 조직에 스며들었다. 현대인의 우울을 표현한 추상회화 걸작 같았다.

"와하하하하, 선생님 바지 이상하다."

"얼룩이 생겼네. 잉크는 지워지지도 않는데."

나는 오늘 확실히 두 가지를 배웠다. 아이들은 뭉크의 작품처럼 외견상 쉬워 보이는 작품을 좋아한다는 사실과 선생님이 처절하게 절규하는 장면을, 뭉크보다 훨씬 더 많이 좋아한다는 진실을.

으아아아아아아악! 내 오만 원!

트리케라톱스는 알고 있다

호준이의 트리케라톱스 지우개가 사라졌다. 지우개나 연필은 흔해서 기억하기 쉽지 않다. 그런데 "호준이 공룡 지우개가 없어졌어요"라는 말을 듣자마자 나는 단박에 어떤 물건인지 떠올릴 수 있었다. 그 지우개는 정말 특별했다.

통통한 트리케라톱스.

다른 지우개가 따분한 몰골로 공책 위를 뒹굴 때, 트리케라톱스는 당당히 네 발로 서 있었다. 지우개는 책상의 군주였다. 오죽했으면 나도 수업 순시를 하다 말고 들어보기까지 했을까. 파충류의 살결 같은 감촉에 손바닥에 착 감기는 크기, 눈을 어지럽히는 다리의 잔무늬가 근사했다.

"선생님 꼭 좀 찾아주세요."

호준이는 키우던 개를 잃어버린 마냥 우울해 보였다. 나도 그 지우개를 좋아했기에 범인을 꼭 잡고 싶었다.

"모두 눈 감으세요. 누구나 실수할 수 있어요. 순간적으로 욕심이 나서 지우개를 가져간 아이는 조용히 손 들어주세요. 지금 진실을 밝혀주면 혼내지 않고 넘어가겠습니다."

한없는 고요함. 부스럭거리는 소리조차 나지 않았다. 도둑으로 지목되는 걸 피하려고, 다들 최선을 다해 일시정지 상태를 유지했다. 요지부동하는 아이들이 밉다. 다만, 입장 바꿔 생각하면 적막을 깨고 "내가 범인이오!" 외치기란 쉽지 않을 것이다. 범인은 우리 안에 있다. 그러나 탄광촌은 좁은 동네다. 스스로 도둑놈 낙인을 찍을 순 없다. 두고두고 사람들 입에 오르내릴 테니까.

나는 심란해졌다. 교실에는 스무 명 넘는 학생이 생활한다. 누가 학용품을 슬쩍하면 찾을 길이 없다. 만일 작정하고 훔쳤다면 범인은 들키지 않으려고 최선을 다할 것이다. 훔치기는 두려움을 동반한다. 두려움을 깨고 실행에 옮길 때는 두려움을 덮을 만한 꾀를 낸다. 결코, 사물함이나 서랍 등 허술한 장소에 물건을 보관하지 않는다. 담벼락 구멍, 천장 빈틈, 화장실 청소도구함에 숨겨진 물건을 찾기란 사실상 불가능하다.

수색도 안 된다. 학생 인권 강화로 인해 예전처럼 가방과 사물함을 뒤진다거나 몸을 검사하는 행위가 금지되어 있다. 나는 어릴 때 수시로 압수수색을 당했다. 생각해보면 무시무시한 짓이다. 야만과 무지의 시대가 불과 이삼십여 년 전이라는 사실이 믿기지 않는다.

나는 최후의 수단을 쓰기로 한다.

"CCTV를 확인하겠습니다. 여러분을 믿었는데 무척 아쉽습니다."

온몸의 에너지를 압축하여 짐짓 심각한 표정을 짓는다. 아이들이 침을 꼴깍 삼킨다.

"제자의 범죄 현장을 봐야만 하는 고통을 아시나요? 솔직히 말하면 실망스럽네요. 내일 봅시다."

교사는 가끔 모노드라마를 찍어야 한다. 감정이 최고조에 이르는 대목에서 표나게 움찔하는 두 녀석을 보았다. 요주의 인물에 포함된 콤비다. 친구 사물함을 함부로 열어보아 신고를 당한 경력이 있다. 그래도 흥분하면 안 된다. 아직은 심증일 뿐이다. 내가 초보 교사였다면 꼬치꼬치 캐물었겠지만, 어느덧 교직생활도 십 년. 손자병법의 지혜를 빌려온다. 싸우지 않고 이기는 것이 상책이다. 나는 퇴로를 열어준다.

"오늘 범인의 정체가 밝혀질 것입니다. 마지막 기회를 드리겠습니다. 내일까지 지우개를 제자리에 돌려놓으십시오. 그럼 모른 척하겠습니다. 만일 돌려주지 않으면 부모님께 연락하여 지우개 가격의 열 배를 물어내게 될 것입니다."

나는 도박을 했다. 사생활과 인권 보호를 위해 교실 내부는 촬영하지 않는다. 계단이나 복도 일부만 CCTV에 잡힌다.

'설마 아이들이 교실 천장에 달린 게 화재경보기라는 걸 알까? 만일 그랬다면 내 터무니없는 협박에 웃음을 참느라 힘들었겠지?'

그날 밤 나는 잠을 설쳤다. 부은 눈으로 출근한 교실에는 아무도 없었다. 어제 교실을 나섰던 모습 그대로다. 결국, 아무것도 바뀌지 않은 것이다.

'이제 아이들에게 뭐라고 하지, 호준이한테는 특히.'

자포자기하는 심정으로 호준이 자리를 둘러보았다. 의자 위에 회색 물체가 놓여 있었다.

"어, 이게 뭐야?"

나도 모르게 침을 삼켰다. 뿔 잘린 트리케라톱스였다. 트리케라톱스는 뿔 빼면 시체인 줄 알았는데 뿔이 없어도 두상이 예쁘다. 범인은 아무래도 뿔을 잘라먹어서 자수를 못 한 것 같았다. 기묘한 의문이 떠올랐다.

'도대체 언제 트리케라톱스를 가져다 놓은 거지?'

어제 아이들 하교 후부터 퇴근 시간까지 교실에 나 혼자 있었다. 우리 반에 들른 사람도 없고. 그렇다면 지우개는 퇴근 이후부터 오전 여덟 시 십 분 사이에 돌아온 게 된다. 흔적도 없이, 소리 소문도 없이. 과연 누가 그렇게 한단 말인가. 야간에는 경비 시스템이 돌아가고, 오늘 교실에 가장 먼저 도착한 사람도 나인데. 괴이한 일이었다.

"호준이 지우개가 주인을 찾았습니다. 어제 CCTV를 보고 마음이 착잡했습니다. 그래도 최후의 양심을 버리지 않았으니 용서하겠습니다. 아마 그 친구도 마음이 무거웠을 겁니다. 용기 내줘서 고맙습니다."

나는 정말 모른다. 범인이 누군지. 과연 트리케라톱스는 어디에 있었을까? 그 답은 오직 공룡만이 알고 있다.

언택트 연극

방역 수칙을 지키면서 어떻게 연극 수업을 하라는 거지, 나는 국어 지도서를 읽다 말고 머리를 쥐어뜯었다. 5학년 2학기에는 10차시 분량의 연극 단원이 있다. 차마 연극은 온라인 수업으로 돌릴 수 없어 귀한 등교 수업 주간에 넣었는데, 코로나 벽에 부딪혔다. 등장인물 간 접촉 최소화, 마스크 쓴 채 대사 말하기, 거리 확보. 흐음, 이걸 연극이라고 할 수 있을까. 어쩔 수 없이 나는 언택트 연극을 하기로 결정했다.

"여러분, 올해 연극 수업은 대사가 중심입니다."

말도 안 돼요! 아이들은 언택트라는 조건을 듣고선 기운이 쑥 빠졌다. 몸이 닿지 않는 범위에서 동작을 이것저것 넣을 거라고, 웃긴 장면도 네 컷이나 들었다고 구슬려 본들 소용이 없었다. 눈앞이 캄캄해졌다. 우리 반은 권정생 작가의 동화 『강아지똥』을 각색하여 대본을 짰다. 강아지똥은 힘도 약하고, 예쁘지 않다. 이야기 내내 울고, 참새와 병아리 그리고 흙덩이에게 무시당한다. 이런 이야기는 주인공 캐스팅이 힘들다. 비장의 무기인 막

대 사탕을 상품으로 내걸었지만, 청약률은 제로.

나는 관자놀이를 꾹꾹 눌렀다. 목소리가 중심이 되는 연극에서, 주인공의 비중은 절대적이다. 차라리 학예회나 동아리 발표회처럼 큰 무대에 올리는 연극이었다면 이처럼 애먹지 않았을 것이다. 주목받기 좋아하는 아이는 항상 있고, 외부인 앞에서 자신을 드러낼 기회에는 지원자가 넘친다. 그런데 학급 공연은 조금 애매하다. 도드라지는 외적 보상이 없다. 이럴 때는 학급 분위기가 매우 중요하다. 안타깝게도 우리 반 분위기는 '이번 연극은 연극 같지도 않아. 누가 귀찮게 강아지똥을 해'로 흘러갔다.

결국, 엑스트라 역할은 일찌감치 마감되고, 주인공 격인 강아지똥과 민들레만 남았다. 나는 자포자기하는 심정으로 천이백 원을 주고 산 〈강아지똥〉 애니메이션을 틀었다. 배우의 목소리로 등장하는 강아지똥을 보면 생각이 바뀔지도 모르겠다는 생각에서 그랬다. 과연 효과가 있었다. 동영상 세대답게 영상물에 깊이 빠져들더니, 결국 J군 한 명이 손을 들었다. J의 요청 사항은 단 하나. 제 스타일로 연기해도 될까요?

나는 순간 머뭇거렸다. 주인공을 맡아준 것만으로도 감지덕지인데, J에게 연극을 맡겼을 때 벌어질 아수라장이 머릿속에 그려졌다. J는 좋게 말해서 에너지가 넘치는 아이다. 자칫 양날의 검이 될 수 있다. 그러나 나는 찬밥, 더운밥을 가릴 처지가 아니었다. 식은땀을 삐질 흘리며 잘 부탁한다고 말했다. J가 맡은 강아지똥은 원작과 사뭇 달랐다. 순박하고 여린 강아지똥은 세상의 독한 맛, 쓴맛 다 본 개똥으로 탈바꿈했다. 본인을 애송이 강아지똥 말고 어엿한 개똥으로 불러달라는 J의 활약은 눈부셨다. 대사가 다소 과격해지기는 했지만, 외롭고 나약한 존재가 겪는 설움과 아픔이 가슴속에 사무쳤다.

"뭐시라! 내가 똥 중에서 가장 더러운 개똥이라고? (서러운 듯이) 으앙 으앙!! (계속 운다)."

개똥의 분발은 민들레와 참새와 흙덩이의 마음을 움직였다. 세 차례에 걸친 대본 리딩은 실제 리허설을 방불케 하는 긴장감 속에서 진행되었다. 흰둥이가 똥을 눈 자리는 김이 모락모락 나고, 아기 고추를 죽게 만든 흙덩이는 속이 시커멓게 타버린 듯했다. 연극 속에서 아이들은 완전히 다른 사람이 되어 있었다. 이것이 정녕 상상력의 힘이란 말인가. 나는 기분이 묘했다. 사실, 교실 앞에서 바라보는 풍경은 단순하다. 아이들은 반투명한 칸막이로 둘러싸인 책상에서 대본만 들여다보고 있다. 심지어 각 책상은 시험대형으로 점점이 흩어져 있어, 응집력이라고는 없어 보인다. 그러나 눈을 감고 소리에 귀를 기울이면, 전혀 다른 세계가 펼쳐진다. 소리로 그리는 연극의 한 장면이 또렷이 보였다.

보름에 걸친 언택트 연극 단원을 마치고 기념사진을 찍을 때, 우리 반은 예전에 알던 그 반이 아니었다. 먼 곳으로 여행을 다녀온 것처럼 의젓한 표정이 얼굴에 남았다. 온라인이었다면 결코 하지 못했을 수업. 그간 온라인 수업을 하며 J와 친구들은 얼마나 답답했을까. 대견해 죽겠는데, J군 머리 한 번 쓰다듬어 주지 못하는 나도 답답하긴 마찬가지고.

아이들이 물었다. 내년에는 마스크 벗고 연극 할 수 있을까요? 글쎄, 나는 아이들이 원하는 대답을 끝내 들려주지 못하고 웃기만 했다.

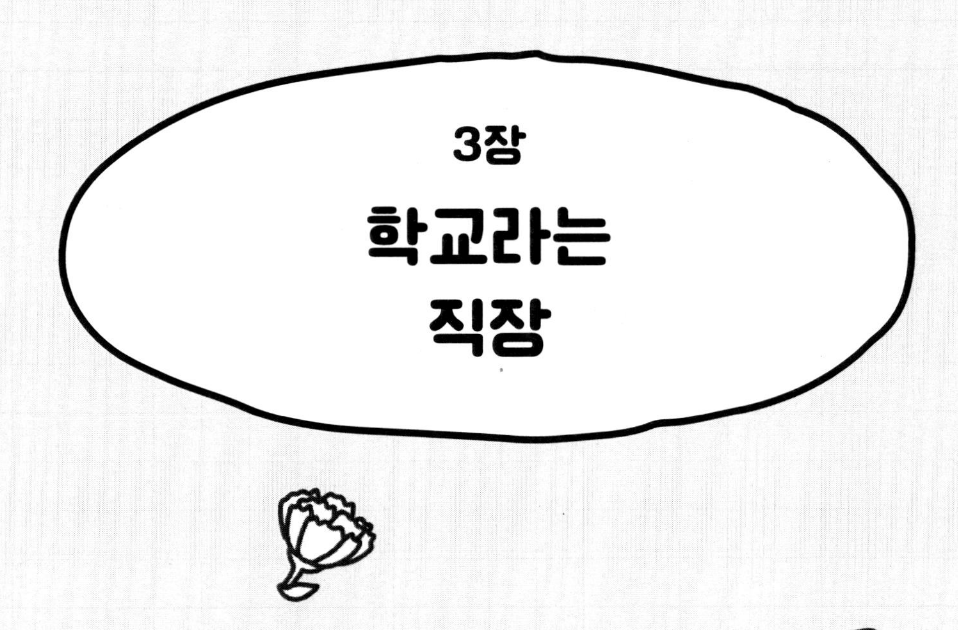

3장 학교라는 직장

지방 인생은 2부 리그가 아니란다

"아 몰라, 오답노트 안 해!"

"너 그러면 지잡대 간다."

내 귀를 의심했다. 열한 살짜리 입에서 '지잡대'라니. 수학 문제 틀린 걸 오답노트로 만들어 오라고 숙제를 내준 다음 날이었다. H가 숙제를 안 하고 공 차러 운동장에 나가려 하니 친구 J가 한마디 던진 것이다. H를 나무랄 생각보다 J의 말이 거슬렸다.

"J야, 지잡대가 무슨 말인지 아니?"

"우리 동네에 있는 도캠 같은 데죠."

'도캠'은 강원대 도계캠퍼스를 의미했다. J는 컴퓨터 게임 채팅창에서 '지잡대'라는 단어를 처음 만났다. "선생님도 춘천교대 나왔으니 지잡대 출신이구나"라고 하니, 그 녀석은 얼굴이 붉어지며 배시시 웃었다. 곁에 선 다른 아이들도 "도계가 좀 부족한 건 사실이잖아요" 하며 말을 보탰다. 나는 속이 상했다. 이건 겸손을 위한 자기낮춤도, 농담을 하기 위한 현실 비틀기도 아니었다. 철저한 체념과 수긍에 가까웠다. 객관적 지표에 비추어 보았을 때 지방에 있는 대학의 연구 성과나 교육 수준이 서울의 유수 대학보다 떨어질 수 있다. 그렇다고 지방에서 살아가는 삶 자체가 과소평가 받을 까닭은 없다. 이 땅에서 나고 자란 어린이 입에서 고향 비하가 나오는 건 어딘가 잘못되었다는 증거가 아닐까.

이와 비슷한 느낌을 전학생이 있는 교실에서도 받았다. 부모가 삼척으로 직장 발령을 받거나 취직하게 되면 자녀들이 함께 전학을 왔다. 대부분 도계보다 인구가 많고 규모가 큰 도시에서 지내다 온 아이들이었다. 전학생들은 "예전 학교에서는" "내가 살던 동네에서는"으로 시작하는 말을 입버릇처럼 달고 다녔다.

"거기 학교에서는 에버랜드로 현장 체험학습을 가" "여긴 왜 한 학년에 반이 두 개밖에 없냐" "아파트가 안 보인다" "CGV가 없다"…. CGV가 무엇인지 모르는 우리 아이들은 전학생이 말로 그려내는 풍경을 부러워했다. 어쩌다 맞장구치는 것이라고 해봐야 "여기도 GS25 있다" "파리바게트 있다" 정도였다.

도계에는 유리공방이 있고, 포도밭도 많고, 공기가 맑다는 이야기는 거의 들리지 않았다. 아이들의 관심사는 광고에 등장하는 각종 브랜드나 프랜차이즈 업체가 얼마나 가까이 있느냐에 있다. 절대로 이길 수 없는 대결이다. 삼척은 원주에 밀리고, 원주는 수원에 밀리고, 수원은 서울에 밀렸다. 뉴욕에서 전학생이 오지 않는 한 서울이 '짱'을 차지하는 구조였다.

'말은 제주도로, 사람은 서울로 보내라'는 속담도 있지만 어디

서울만 대한민국이란 말인가. 지방에 사는 건 죄가 아니다. 그런데 아이들은 벌써 '지잡'의 삶이 대도시보다 못하다고 인정해버린다.

더 서글픈 건 나조차 '우리 고장에 자부심을 품고 평생 살아'라고 아이들을 설득할 자신이 없다는 점이다. 양질의 일자리는 수도권과 주요 대도시에 집중되어 있다. 문화시설이나 사회자본도 지방은 열악하다. 탄광촌이었던 이곳 도계의 경우, 대한석탄공사가 단계적 폐업 절차를 밟게 되면서 미래는 더 불확실해졌다. 상담 온 학부모들과 이야기를 나눠보면 "강원도에서 중산층으로 먹고살려면 전문직이나 공무원밖에 없다"라고 하소연한다. 완전히 틀린 말이 아니라서 쓴웃음만 지었다. 지방 학생은 1부 리그 무대에 서기만을 손꼽아 기다리는 2부 소속 선수가 아니다. 이 말이 선언적 의미를 넘어서려면 실제 지방의 삶이 바뀌어야 한다. 그러나 삼척시와 인근 태백시는 지속되는 인구 감소로 소멸 위험 단계에 진입했다. 지방의 미래는 어둡기만 하다.

자식 맡긴 부모의 처지

"공개수업 참관 신청서 다 냈죠?"

학기마다 한 번씩 있는 공개수업을 앞두고 학부모 참관 신청서를 받았다. 낯익은 이름들이 눈에 띄었다. 스카우트 선서식, 체육관 청소, 어린이날 체육대회…. 크고 작은 행사가 있을 때마다 적극적으로 참여하는 분들이었다. 학교에는 늘 오는 학부모만 왔다.

공개수업 당일, 복도에는 수업 20분 전부터 기다린 부모들이 두런두런 대화를 나누고 있었다. 부모의 존재를 확인한 아이는 기세가 올랐다. 쉬는 시간에 몇몇 녀석들이 와서 엄마가 근무 교대를 했다느니, 휴가를 썼다느니 하며 귀띔을 해주었다.

"오늘 엄마가 일 생기면 못 갈 수도 있어. 웬만하면 갈게."

이렇게 집에서 엄마 아빠한테 애매한 대답을 듣고 온 녀석들은 연신 뒷문을 힐끔거렸다. 복도에 엄마 얼굴이 안 비치면 열 살짜리 아이들은 초조해했다. 참다못한 일부는 까치발로 창밖을 내다보거나 급하게 전화를 걸어 엄마의 현재 위치를 확인했다.

"이제 집에서 나가고 있어!"

수화기 너머로 다급한 음성이 흘러나왔다.

학부모들이 모두 자리에 앉고 학생들도 책상 정리를 마친 오전 아홉 시 오십구 분, 맨 앞줄에 앉아 있던 A가 튀어나왔다. A는 내 셔츠 자락을 잡고 불안한 목소리로 말했다.

"엄마한테 전화해도 돼요? 엄마가 안 와서 쓸쓸해요."

나는 A의 엄마한테 가게 일이 바빠서 못 온다고 사전 연락을 받았다. 당장 수업을 시작해야 했지만, 통화를 못하게 하면 아이가 흥분할 기색이 있어서 허락했다. 역시나 엄마의 대답이 신통치 않은 모양이었다. A는 수화기를 거칠게 내려놓으며 눈을 부라렸다. 수업 시간 내내 울적해하며 책상에 머리를 박거나 동물 소리를 냈다. 부모가 학교에 오지 못한 다른 학생들은 A처럼 돌발행동을 하지는 않았지만, 의기소침했다.

수업 참관을 마친 엄마는 자녀를 한 번씩 꼭 안아주고 돌아갔다. 품에 못 안긴 아이들은 그냥 의자에 앉아 있었다. 점심을 먹은 후 나는 부모님이 안 온 애들을 한 명씩 따로 불러 사탕을 쥐여주었다. 불쑥 내민 사탕에 영문을 몰라하기에 오늘 수업 열심히 들어줘서 고맙다고 머리를 쓰다듬었다. 부모가 못 온 까닭을 물어보니 대부분 직장 문제가 걸려 있었다. 이 중 다섯 명은 작년과 재작년에도 엄마 아빠가 못 왔다.

내가 겪은 그 다섯 아이의 학부모는 평범한 분들이었다. 상담

주간에는 불참했지만, 가끔 통화를 하면 학교에서 아이가 어떻게 지내는지 묻고 아무쪼록 잘 부탁한다고 인사를 빼놓지 않았다. 어쩌다 운동회 날이나 학예회 때 만날 기회가 생기면 "일하는데 자리를 비울 수 없어서" 등 굳이 묻지 않은 이야기까지 해주었다. 자식 맡긴 부모의 처지가 그랬다.

열심히 사는 부모와 사랑을 바라는 아이들. 가족과 행복하게 살려고 맞벌이도 하고 야근도 하는데 그 때문에 아이들에게 사과하고, 교사에게 양해를 구하는 학부모를 볼 때마다 마음이 무겁다. 아침 7시에 출근하고 저녁 8시에 퇴근하는 한 아이의 엄마는 자식들 아침밥과 저녁밥을 꼬박꼬박 챙긴다고 했다. 그 엄마가 밥만 하겠는가? 청소하고 빨래하고 애들 씻기고…. 이미 초인적 일상을 꾸려가는 부모들에게 공개수업 불참을 두고 교육에 열의가 있니 없니 따지는 건 무의미하다.

합계 출산율이 1도 안 되는 시대에 아이를 낳아 든든하게 먹이고, 깨끗하게 입혀 학교 보내는 것만으로도 부모들께 감사드린다. 너무 자식에게 미안해하지 말기를…. 충분히 잘하고 있다고 교사로서 꼭 말씀드리고 싶다.

선생님 수능이 뭐예요?

대학수학능력시험 성적이 발표되었다. 대입 스트레스와 결별한 지 10년이 넘었지만, 수능을 떠올리면 왠지 주변 공기가 싸늘하게 식고 긴장된다. 대학생이 되고, 졸업할 때까지 남들도 다 그런 스트레스를 받고 사는 줄 알았다.

나는 수능이 온 힘을 다해 준비해야만 하는 일생일대의 이벤트라고 믿었다. 그러나 강릉에 첫 발령을 받고 나서야 편견이 깨지기 시작했다. 스물세 살 초임 교사였던 나는 다소 무리한 소망을 품었다. 학교 주변은 생활 여건이 열악한 곳이니, 배움에 목마른 아이들을 위해 내 모든 지식과 교양을 기필코 전수하고 말겠다는 강한 의지가 있었다.

초보 선생님의 열망과 달리 두툼한 점퍼를 껴입은 아이들은 심드렁했다. 수학 단원평가 점수가 15점이나 떨어져도 원래 그러려니 하며 공부에 통 관심이 없었다. 성적이 추락하면 펑펑 우는 아이가 있을까 봐 걱정했는데 완전한 착각이었다. 애들이 기대에 못 미치자 슬금슬금 답답함과 조급함이 기어 올라왔다.

"너네 이렇게 공부 안 하면, 커서 뭐 될래?"

맙소사! 그토록 증오했고 듣기 싫었던 말을 경력 석 달 된 교사가 화내며 아이들에게 쏘아붙이고 있었다. 이 진부한 문장이 입을 떠나 고막을 때리는 순간, 아차! 하면서도 또 입술을 뗐다.

"지금부터 차근차근 준비해야 수능 치고 대학 가서 꿈 이루는 거예요!"

아무 반응이 없었다. 의도적 무시라고 보기에는 표정이 지나치게 천진했다. 서로 다른 언어를 사용하는 사람들이 나누는 대화처럼 투명한 벽에 가로막힌 기분이었다. 비교육적인 데다, 위험한 표현을 함부로 내뱉은 후라 얼굴이 화끈거렸다. 못난 담임의 공격적인 발언에도 네다섯 명은 진지하게 고개를 끄덕여줬다. 그나마 좀 사는 집 애들이었다.

해를 거듭할수록, 비슷한 경험이 반복되었다. 그제야 수능에 목숨 거는 사람이 절대다수가 아닐지도 모른다는 자각을 했다. 학생 대부분이 '상위권 대학에 가겠다' '인기 직업을 얻겠다'고 말은 한다. 그러나 누구나 이름을 들어봤을 대학에 가려고 정교하게 전략을 세우고, 전폭적으로 투자하는 집단은 한정되어 있다.

학창 시절 경쟁에 찌들어 있던 나는 수능을 망치면 그저 그런 인생을 살게 된다고 자기암시를 했다. 어울리는 친구들도 비슷한 가치관을 따르고 있었기에 내 생각이 보편적이라고 착각했다. 그러나 교사로서 마주한 교실에는 공부 잘하는 아이들만 있지 않았다. 삼척으로 전근한 이후 시름은 더 깊어졌다. 변변한 입시 학원 하나 없는 산골 마을의 아이들은 입시 전쟁에서 우위를 점하기 어려워 보였다. 그러나 아이들은 느긋했다. 나는 강릉에서야 마찬가지로 초조함을 느꼈다. 신규 부임 때처럼 애들을 시험 점수로 닦달하고 싶어서 그런 게 아니었다. 제자들을 돕고 싶었다.

수능 대박이 아니어도 잘살 방법은 많다. 그러나 하고 싶은 일을 하면서 살려면 공부해야 한다. 대입 준비 얘기가 아니다. 자기 길을 소신껏 걷기 위한 지식과 기능, 태도를 익혀야 한다. 경쟁을 배제할 수 없는 사회에서 최소한의 자기역량은 갖추어야 하기 때문이다.

한 가지 길에 매달리지 않으면 다양한 삶의 선택지가 보인다. 명문대 진학 여부로 사람을 평가하면 지방의 공부 못하는 애들은 평생 열등생 신세를 면치 못한다. 수능 점수와 자기 인생 등급을 동일시하지 말라고 자꾸 알려줘야 한다.

'영어, 다섯 살에 시작하지 않으면 늦습니다.' 광고를 상식인 양 접하는 사회에서 자기 속도로 자기만의 길을 걷는 건 얼마나 두려운 일인가. 그러나 잊지 않으려 한다. 어린이는 사랑으로 귀하게 태어난 존재다. 어른은 어린이가 행복하게 살아갈 수 있도록 지원하고 이끌어 줄 의무가 있다. 적어도 수능 점수 몇 점에 스스로 목숨을 끊는 세상은 되지 않도록 지혜와 용기를 모아야 한다.

준비물로 눈치 보지 않을 권리

목요일 미술 시간. 교실 앞에는 4절 머메이드지와 색종이, 유성펜이 색상별로 준비되어 있다. 아이들은 익숙한 동작으로 미술 재료들을 필요한 만큼 가져갔다. 자, 붓, 물통 같은 기본 용품은 모둠 바구에서 꺼내 썼다. 온갖 물건이 섞이고 부딪치며 자근자근 소음을 냈다. 자잘한 웅성거림 속에서 "찰캉!" 하는 금속성 마찰음이 귀를 때렸다.

한 아이가 색연필 보관함을 떨어뜨려 실수로 낸 소리였다. 찌릿! 그 아이와 같은 모둠인 친구 두서넛이 따가운 눈총을 주었다. 그것도 잠시, 교실은 이내 미술 작품 만들기에 몰입하는 아이들의 열기로 뜨거워졌다. 나는 햇빛에 반짝이는 양철 색연필 케이스에서 눈을 뗄 수 없었다.

색연필 틴케이스 하면 떠오르는 기억이 있다. 내 초등학교 시절 이야기다. 당시에는 학급에 비치된 공용 학용품이 없었기에, 다들 준비물을 따로 챙겨 왔다. 형편에 맞게 알아서 가져가는 준비물은 집마다 질과 양이 천차만별이었다. 평범한 색연필 사이에서 친구의 독일제 색연필은 단연 돋보였다. 전용 보관함에 가지런히 놓인 36색 색연필은 잡지에 나오는 서양인 모델처럼 세련되어 보였다.

내가 썼던 12색 색연필은 구식이었다. 심이 닳으면 옆에 붙은 실을 살짝 잡아당겨, 종이 몸통을 까서 쓰는 동네 문방구표. 종이가 한 칸씩만 벗겨지도록 세심한 힘 조절이 필요했다. 그러나 둔한 나의 손가락은 번번이 두 칸을 잡아당기기 일쑤였고, 무리하게 힘주어 쓰다가 심이 부러지곤 했다. 나는 새로 종이를 까며 툴툴거리기를 반복했다.

반면 독일제 색연필은 연필깎이에 넣고 손잡이 몇 번 돌려주기만 하여도 끝. 색도 얼마나 곱고 다양하던지 주황색과 노란색 사이에 세 가지 색깔이 더 존재했다. 그중 한 색깔이 마음에 쏙 들었다. 나는 내 멋대로 '노을색'이라고 이름 붙였다. 꼭 한 번 써보고 싶었는데 나는 빌려달라고 입도 못 열고, 어깨너머로 훔쳐보기만 했다.

그런 학생이 나뿐이었을까? 아직도 고급 색연필 주변을 서성이던 아이들의 어색한 몸짓을 기억한다. 그나마 나처럼 12색 색연필이라도 있는 경우는 다행이었다. 툭하면 까먹었다는 핑계를 대며 준비물을 빌리러 다니고, 분실물 상자에 들어 있는 토막 크레파스를 이용하던 친구가 떠오른다. 당시에는 덜렁이라고만 치부했지만, 내가 알지 못하는 사연이 있었을지도 모른다. 과연 그 친구의 심정은 어떠했을까.

요즘은 교육 여건이 좋아져서 학교 예산으로 학습 준비물 구입 비용을 따로 빼놓는다. 교사는 학기 시작 전에 교육 계획을 짜고 미리 준비물을 갖춘다. 가위부터 풀, 컴퍼스 등 정규 교과 시간에 필요한 준비물의 80%는 마련할 수 있다. 나머지는 리코더, 멜로디언처럼 입을 대는 악기나 특별활동에 들어가는 물품들이다. 몇몇 학교는 전교생이 공유하는 '학습준비물 센터'를 운영한다. 학교 앞 문방구가 부럽지 않은 학교 안 문방구다.

헌법 제31조에 따르면 모든 국민은 교육받을 권리가 있으며, 특히 의무교육은 무상으로 한다고 명시되어 있다. 무상 의무교육은 '학비 공짜'만을 의미하지 않는다. 적어도 학교에 오는 아이들은 점심 식사나 준비물 걱정 없이 교실 문을 열 수 있어야 한다. 교육받을 권리는 교육받는 데 방해받지 않을 권리를 의미하기도 하지만, 국가에 교육을 위한 일정한 시설과 환경을 배려해달라고 요구하는 적극적 권리를 포함하기 때문이다.

친구가 독일제 36색 색연필을 꺼내 놓아도 별 감흥 없이 미술 작품에 집중할 수 있고, 쌓여 있는 도화지 더미를 보며 실수한 스케치 하나에 좌절하지 않는 수업 시간은 학생들의 당연한 권리다. 준비물로 아이들이 눈치 보지 않게 하는 것. 교육의 변화는 사소한 눈빛의 차이로 읽을 수 있다.

마음의 독감은 왜 치료하지 않나요

독감 철에 22명이 몸을 부대끼며 살아가는 교실은 콜록이는 기침 소리로 가득하다. 감기에 걸린 아이들은 마스크를 착용하고, 병원에서 처방받은 약을 먹는다. 아침에 병원 들르느라 조금 늦을 수 있다는 문자와 전화를 받는 일도 잦아진다. 만일 몸 상태가 평소보다 유난히 나빠 보이는 학생이 있으면 보건 교사에게 체온 측정을 부탁하고, 필요하면 부모에게 연락해서 전문의 진찰을 권한다. 독감 시즌에는 흔한 모습이다.

몸이 아픈 문제는 학부모와 이야기하기가 수월하다. 초등 교사가 의사는 아니지만, 등교부터 하교할 때까지 한 교실에서 함께 생활하며 수시로 학생을 관찰하기에 몸의 이상을 발견하기 쉽다. 그러나 정작 교사의 본업이라 할 수 있는 심리, 정서 문제는 학부모에게 허심탄회하게 털어놓기 힘들다.

몇 년 전 한 아이는 친구를 사귀고 유지하는 데 어려움을 겪었다. 다른 사람과 눈을 잘 마주치지 못하고, 자기 세계에 빠져 있었다. 학업 성적은 중간이었고, 딱히 말썽을 피우지는 않았으나 사회성이 매우 부족했다. 3월부터 10월까지 상담 기록지에 아이의 행동을 기록했다. 부모를 직접 만나 말하고 싶었지만, 부모는 상담에 한 번도 응하지 않았다. 용기를 내어 먼저 전화했다.

부모는 "헉!" 소리를 내며 놀라더니 집에서는 애가 참 괜찮은데 선생님이 잘못 본 게 아니냐고 되물었다. 드물게 얻은 기회였기에 아이의 장점을 먼저 열거하고, 다시 한번 상황의 심각성을 조심스럽되 정확하게 알려주었다. 한숨 소리가 돌아왔다. 이윽고 학부모는 무기력한 목소리로 애가 너무 심하지 않으면 그냥 내버려두라고 말했다. 양육 환경이나 다른 가족 구성원에 대해서 알고 싶은 게 많았으나, 상대는 대화를 원치 않았다. 전문가 상담을 받아보라는 말을 끝으로 통화를 마쳤다. 이 아이의 경우는 부모와 통화가 되니 차라리 나은 편이다.

또 다른 한 아이는 감정 조절이 되지 않아 하루에도 여러 번 우울과 분노에 휩싸였다. 마음이 평온할 때는 수업이 가능했으나, 조금이라도 심사가 뒤틀리면 괴상한 소리를 내고 책상을 달그락거리며 정신 사납게 굴었다. 아이는 교사의 생활지도 범위를 넘어선 언행을 일삼았고, 정서 행동검사에서도 위험군으로 분류되었다. 아이 아버지께 정신건강의학 얘기를 꺼내자 "우리 애를 정신병자로 보느냐"라고 격분했다. 경위를 차근차근 말했다. 하지만 이성적인 대화로 이끌 수 없었다. 결국 이 아이는 어떠한 치료도 없이 다음 학년에 올라갔다.

정서가 유달리 불안정한 아이는 가정환경에 문제가 없는지 살펴봐야 한다. 집에서 학업으로 닦달하는 탓에 심리가 불안한 아이도 있지만, 자녀를 방치하고 학대에 가까운 언사와 체벌을 지속적으로 가해서 생기는 문제도 흔했다. 무책임하게 양육하면서, 친권자라는 이유로 자녀의 회복과 성장에 필수적인 조치를 거부하고 교사에게 억하심정을 품는 사례를 여럿 겪었다. 또 어떤 경우에는 정신건강의학 치료를 받아야 한다고 한쪽 부모가 동의를 해도, 다른 가족 구성원의 반대가 심하다. 시간이 자연스레 해결해줄 건데 괜히 긁어 부스럼 만들지 말라고 한다. 이런 경험이 쌓이면 교사는 진이 빠지고 의욕이 꺾인다. 그 사이 힘든 아이는 계속 힘든 아이로 자라고, 마음 속 상처는 더 커진다.

마음에 병이 있으면 병원에 가서 검사를 받고 전문가 의견에 따라야 한다. 일상에서 겪는 대부분의 감정 문제는 이미 표준적인 처방이 나와 있다. 임상 연구 결과도 풍부하고 치료도 체계적이다. 부모와 협조가 잘되어 가족 상담을 받은 후 약을 복용한 아이가 상당히 개선되는 모습을 종종 봐왔다. 감기를 제때 잡지 않으면 폐렴으로 변한다. 신체적 감기 바이러스뿐 아니라 마음의 감기도 제때 치료를 받아야 한다.

교사의 일상 흔드는 '스승'

"스승의 날 축하드려요. 저도 꿈이 초등학교 선생님이에요."

스승의 날 한 제자가 곱게 접은 손편지를 내밀었다. 카네이션 생화와 선물은 모두 돌려보냈지만 커서 친절한 선생님이 되고 싶다는 편지까지는 거절하지 못했다. 형광펜과 색연필로 알록달록 꾸민 편지에는 '가르쳐주셔서 고맙다'는 인사와 '남이 모르는 걸 알려줄 때 기쁘다'는 문장이 빼곡히 적혀 있었다.

선생님이 되고 싶다는 제자를 만나면 대견함과 우려가 동시에 밀려온다. 우선 아이들의 꿈을 응원하고 열의를 지켜주고 싶기에 격려의 말을 건넨다. 하지만 교사로 살아가는 일상이 녹록하지 않다는 말을 차마 하지 못한다. 아이의 선한 의지를 꺾고 싶지 않기 때문이다. 모든 직업에는 빛과 그늘이 있다. 교직의 그늘은 '스승'이라는 정체불명의 중압감에 근거한다.

초임 시절의 일화다. 밤 10시가 넘어 학부모에게 전화가 걸려왔다. 너무 늦은 시간이라 일부러 받지 않고 있었는데, 십 분 사이 부재중 통화 5건이 쌓였다. 다급한 사고가 터진 줄 알고 떨리는 가슴으로 통화를 시도하자, 왜 이렇게 연락이 안 되느냐는 다그침이 총알처럼 튀어나왔다. 통화 용건은 자녀 학교생활 상담. 병원에서 심리 치료를 받는 학부모는 내게 삶의 어려움에 대한 독백을 한 시간 동안 쏟아냈다. 그런 밤이 왕왕 있었다.

무척 힘들었지만 이런 학부모까지 받아주는 것이 선생님의 미덕이라고 스스로를 다독였다. "요즘 스승은 없고, 교육공무원만 있다"라는 말이 듣기 싫어서 스승답게 살려고 노력했다. 그런데 한 해 두 해 지날수록 실체도 막연한 스승의 이미지가 허구라는 사실을 깨닫게 되었다. 스승이라는 굴레가 오히려 교권을 무너뜨리고, 교사의 일상을 흔들어댔다.

재작년, 만성 고막염으로 왼쪽 귀에서 고름이 줄줄 나왔으나 연가를 쓰지 못했다. 사정이 있어서 병가나 연가를 내려면 수업에 지장을 주지 않도록 교육행정정보시스템(NEIS)에서 전담 시간표를 조절하거나 결·보강을 신청해야 한다. 그런데 평일 오후에 갑자기 고막염 증상이 나타나서 학습 자료를 미리 준비하지 못했다. 부담을 준다는 생각에 다른 선생님에게 결보강 부탁을 하지 않았다. 결국 다음 날 무리하게 수업을 했다. 하루 사이 병이 더 커져 연휴 기간 다른 지역에 있는 대형 병원을 찾았다.

학생과 온종일 생활하고 전 과목을 가르치는 초등학교의 특성상 교실을 비우기가 곤란한 상황이 많다. 담임들은 매우 특별한 사정이 없는 한 연가를 신청하지 못한다. 교사가 사명감과 소명의식을 가지고 근무하는 건 고무적이지만 몸과 마음이 황

폐화될 정도라면 분명 문제가 있지 않을까. 더군다나 스승이라는 미명하에 교사의 희생을 강요하는 분위기는 우려스럽기까지 하다.

"애들이나 때리고 촌지 받아먹는 철밥통, 학교에 스승이 있긴 한가. 예전엔 안 그랬는데."

요즘 나는 교육 기사 댓글 창을 읽기가 두렵다. '학교에서 상처받은 분들이 이렇게나 많구나' 하고 안타깝다가도 가끔은 언젯적 촌지, 폭력을 말하는가 싶어 의아하기도 하다. 댓글에서 말하는 교사가 스승이었던 시절은 언제일까. 촌지 받고, 사랑의 매 운운하며 폭력을 정당화하는 교사가 있었던 시절을 의미하는 걸까. 그런 시절이 스승의 시대라면 나는 과거로 돌아가고 싶지 않다.

교사는 국가의 법령이 요구하는 바에 따라 일정한 자격 요건을 갖추고 학생들을 가르친다. 선생님도 한 명의 직장인이다. 반면 스승은 생존 또는 대면 여부와 관계없이 나에게 가르침을 주는 존재라면 누구나 될 수 있다. 물론 내 인생의 스승으로 불릴 만한 교사들이 많아지면 좋겠으나 그것은 교사에게 전문성을 향상할 기회와 여건을 마련하고 최소한의 교권을 지켜줄 때 가능한 일이다.

한국은 OECD 회원국 중 "교사가 되기로 결심한 것을 후회한다"는 응답(20.1%)이 OECD 평균(9.5%)의 두 배를 웃돈다. 현장의 절망과 시름을 있는 그대로 받아들여주면 고맙겠다. 부디 제자가 선생님이 될 무렵에는 스승 아닌 전문 직업인으로 자부심을 가지고 살 수 있기를 바란다.

아이가 '착해서' 노심초사하는 부모

"다른 아이의 말을 귀 기울여 듣고, 공감합니다. 남에게 양보하는 태도가 몸에 배어 있습니다." 학기말 행복성장기록부(통지표와 유사)를 작성하다가 키보드 누르는 손가락을 자주 멈춰야 했다. 아이마다 생활 모습과 특징을 다르게 적어줘야 하므로, 아이의 '착함'을 어떻게 표현할지 머리를 굴렸다. 구체적인 맥락이 필요했다. 착한 아이를 '착하다'라고만 적으면 오해의 소지가 있었다. 상담 주간에도 비슷한 일이 벌어진다.

"선생님, 우리 아이가 혹시 맞고 다니거나 그런 건 아니죠?"

나는 그저 아이가 학교생활 잘하느냐는 질문에 "착해서 친구들과 원만하게 지낸다"라고 답했을 뿐이다. 착한 아이를 둔 부모는 표정이 어두워지며 걱정스레 추가 질문을 했다. 온갖 수식어와 집안사, 양육 환경 이야기 등을 빼고 핵심만 간추려보면 "우리 애가 손해 보고도 가만히 있는가?"였다.

물론 "활달하고 씩씩하다"라고 대답해도 "다른 애들 괴롭히거나 그러진 않죠?" 같은 반문이 나온다. 그렇지만 목소리나 표정에 담긴 불안감이 "착하다"에 비해 훨씬 덜하다. 도리어 자부심과 만족감까지 느껴진다. 요즘같이 위험천만한 세상에 착한 건, 순진해 빠져서 남 좋은 일 시키고 손가락 빨기 좋은 속성인 걸까?

학부모만 탓하기는 힘들다. 아이가 선량하고 사려 깊다는데 싫어할 사람이 얼마나 되겠는가. 짐작건대 '헬조선', 각자도생으로 대표되는 무한경쟁 사회에서 불이익을 당할까 봐 노파심이 들기 때문이 아닐까. 모두가 10대들의 인성 문제를 심각하게 여긴다. 하지만 정작 본인 자녀에게는 '만에 하나라도 잘못되면…' 하는 심리로 타인을 견제하는 방법을 가르치기도 한다. 반칙을 조금 쓰더라도, 사회 전반이 도덕적으로 바뀔 때까지 스스로를 보호하는 편이 낫다고 생각하기 때문이다.

다른 사람의 마음을 헤아리고 배려하는 착한 마음은 경쟁이 일상화된 한국 사회에서 하등 쓸모가 없는 것일까? 결론부터 말하면, 결코 그렇지 않다. 도덕성과 신뢰라는 착한 마음이 없으면 이 사회는 잠시도 버티지 못한다. 아니, 오히려 타인의 심리와 욕구를 잘 읽고 적극적으로 대처하는 사람이 성공적인 삶을 살아갈 가능성이 훨씬 크다. 착한 아이는 생존에 유리하다.

학교만 봐도 그렇다. 우리 반에는 학생 22명이 있다. 나는 열 명 내외의 학부모와 잠깐씩 대면했을 뿐 잘 알지 못한다. 그럼에도 학부모는 학교와 교사를 믿고 아이들을 장시간 맡긴다. 아이들이 하교하고 들르는 분식집 아저씨는 3000원을 받고 기꺼이 맛있는 떡볶이 한 접시를 내어준다. 우리가 당연하게 여기는 금융, 복지, 상업, 치안 등 사회의 모든 영역이 사람들 간 신뢰와 협동을 바탕으로 한다. 착한 아이들이 잘 실천하는 요소다.

아이들은 장차 기업가나 노동자가 되어 경제생활을 할 것이다. 기업가는 물건을 팔거나 서비스를 제공할 때 고객의 필요나 취향을 고려하지 않으면 사업은 망한다. 남이 원하는 것에 초점을 맞춰야 한다. 노동자도 마찬가지다. 노동자는 선호하는 직장에 취직하기 위해 적극적으로 자신이 조직에 필요한 인재임을 강조해야 한다. 그래서 구직자는 면접관의 관점에서 최대한 매력적으로 보이도록 애쓴다.

착한 아이는 타인의 처지에서 생각하고 행동할 수 있는 훌륭한 자질을 지니고 있다. 역지사지의 미덕은 인간관계뿐 아니라 경제적 관점에서도 이득이 된다. 도덕적 삶, 착하게 사는 인생을 효용성에 비추어 설명하고 설득하는 게 언짢고 불편하다. 그럼에도 아이가 착하다는 말에 가슴 한편이 무거워지는 학부모를 자꾸 만나게 되는 교사의 마음은 더 착잡하다. 착한 건 나쁘지 않다.

아이를 조건 없이 믿나요?

어쩌다 보니 발령 이후 3, 4학년 담임을 연거푸 맡았다. 올해는 여섯 번째 4학년 담임이었다. 학교 사정과 학생 특성에 따라 다소 차이는 있겠지만 3, 4학년은 교사들에게 선호도가 높다. 왜냐하면 저학년을 거치며 어느 정도 학교에 적응했고, 사춘기의 격렬함이 폭발하기 전이라 비교적 평화롭고 즐겁게 학급 운영을 할 수 있기 때문이다.

아이와 부모의 관계도 크게 삐거덕거릴 일이 적다. 일단 부모 손이 예전보다 덜 간다. 머리 감고, 이 닦고, 옷 입기 같은 기본 생활을 스스로 할 수 있다. 또한 인지능력이 발달해 추상적인 개념을 조금씩 이해하고 말하거나 문장으로 쓴다. 물론 여전히 실수도 잦고, 고차원의 추상적 사고를 능숙하게 할 수는 없다. 그렇지만 유아 시절의 순수함과 풋풋함이 묻어나는 가운데 성장하는 아이의 모습을 볼 수 있어서 뿌듯하고 기쁘다.

황금기는 오래가지 않는 법, 4학년 2학기가 되면 미묘한 변화가 찾아온다. 나는 4학년 2학기를 마법의 시간이라 부른다. 이

때는 여학생들 얼굴이 바뀐다. 자연스럽고 생기 있던 입술이 반짝거리는 붉은색, 핑크색 틴트로 덮인다. 다양한 톤의 피부는 미백 기능이 강화된 선크림의 힘으로 희고 뽀얗게 된다. 마법의 시간에는 자연의 얼굴이 사회의 얼굴을 닮아간다.

외모 꾸미기야 그렇다 치고, 진짜 변화는 집에서 일어난다. 온순하게 품 안의 자식으로 커오던 내 새끼들이 갑자기 독립선언을 시작한다. 혼자만의 공간이 필요하다, 샤워를 따로 하겠다, 엄마 모임에 따라가지 않겠다, 스마트폰 암호를 걸겠다 등등. 기미년 만세운동처럼 엄청난 외침의 형태가 아니더라도 과거에는 찾아보기 어려웠던 선택과 취향이 도드라진다.

"선생님, 요즘 아이가 학원도 가끔 빼먹고, 화장품을 사달라고 조르네요. 방문도 계속 닫고. 그런 적이 없었는데. 수업 시간에는 좀 어때요?"

아이의 변화 속도가 빠를수록 부모의 마음은 복잡해진다. 성장기니까 이런저런 일들을 겪으리라 예상했지만, 어느 방향으로 튈지 모르는 아이는 부모를 불안하고 당황스럽게 만든다. 돌다리도 무너질까 호호 불며 챙겨주던 자식인데, 이제 열한 살 먹었다고 스스로 하겠다고 나선다. 독립심은 성장의 근거. 좋아서 만세라도 불러야 정상인데 이상하게 고민이 깊어진다.

자녀 교육에 관심이 많은 가정은 이미 영유아 시기부터 수많은 교양 강좌, 양육 서적을 거쳤다. 부모 역할은 아이가 홀로 설 수 있도록 뒷받침하는 지원자라고 누누이 들어와서 잘 알고 있다. 그런데도 아이의 자립이 두렵다. 나는 이런 부모들에게 진지하게 묻는다.

"아이를 진심으로 믿으세요? 원하시는 만큼 아이가 따라와 주지 않아도 기다려주시나요?"

순간 정적이 흐르며 부모 눈동자가 흔들린다. 누가 이 질문에 "그렇다"라고 쉽게 말할 수 있겠는가. 아이를 조건 없이 믿어주느냐 그렇지 않으냐의 문제는 실로 중요하다. 자식을 사랑하는 사람은 흔해도, 온전히 존재로서 믿어주는 사람은 드물다. 자식을 믿는다고 대답하는 경우에도 대부분 부모가 설정한 '옳은 행동'의 범위가 정해져 있으며, 자식의 소신 선택은 '언젠가 고쳐야 할 일시적 방황'으로 간주한다.

무조건, 어떤 경우에라도 내 아이를 긍정하며 존재 자체로서 응원할 자신이 있는가. 어떤 학부모는 힘겹게 입술을 떼다가, "그럼 선생님은 자식을 100% 믿느냐"라고 반문했다. 마른 침을 삼키고서 대답했다. 속으로는 수천 번, 수만 번 흔들리지만 적어도 겉으로는 안 그런 척 일관되려 노력한다고. 가르치는 걸 업으로 삼아 자식 밥을 먹이는 처지면서도, 아이가 본심을 알아챌까 봐 겁이 난다.

다문화가정 아이 향한 동정과 혐오의 화살

다문화 사회를 실감하려면 시골로 가야 한다. 내가 근무하는 강원도의 경우 매년 다문화 가구가 증가하고 있고, 2017년 현재 3897명의 학생이 등록되어 있다. 전체 학생의 2%, 초등학생만 따지면 3.4%나 되는 수치다. 나도 다문화가정 자녀들을 여럿 가르쳤다. 모두 어머니가 외국 출신이었다. 대부분 남편과 나이 차이가 열 살 이상 났고, 한국 출신 학부모에 비하면 어렸다. 이건 내가 강원도 벽지에 근무하기 때문에 경험하는 특수한 상황일 수도 있다.

다문화가정 아이들은 한국어만 썼다. 어머니가 중국, 필리핀 출신이라고 해서 이중 언어를 구사하지는 않았다. 다른 애들과 똑같이 영어 단어 퀴즈에 쩔쩔매고, 방과후 교실 중국어반에 등록했다. 외갓집이 해외에 있으니 수시로 인천공항을 드나들 것 같지만 2년에 한 번 가면 꽤 나가는 축에 속했다. 평소에는 이 아이들이 다문화가정 출신이라는 걸 잊고 지냈다. 그러나 외부에서 무슨 사건이 터지면 우리 안에 도사린 '집단 구별 짓기'의

본성이 드러나곤 했다.

베트남 출신 아내를 무차별 폭행한 남편 기사가 쟁점이 되던 무렵이었다. 동정심의 발로였겠지만 아이들은 귀신같이 베트남 엄마를 둔 친구를 떠올렸다. 겉으로는 다 똑같은 한국 사람이라고 해도, 마음속 깊은 곳에서 다문화가정 학생은 '우리'와 다른 존재로 각인되어 있었다. 다문화가정은 더 여유 있는 우리가 도와줘야 하는 대상이었다. 베트남 출신이라 해도 각자 배경이 다를 텐데, 아이들은 특정 국가와 국민의 특성을 고정관념으로 묶어 판단하기도 했다. 사람 한 명 한 명을 배려하는 건 세심한 주의가 필요하다. 세심하다는 건 노력과 피곤함을 요구하며 때때로는 고정관념대로 사는 편이 간단하게 느껴지기도 한다. 그렇기에 무척 지도가 어렵다.

동정심보다 더 위험한 감정은 혐오다. 일본 다문화가정이 대표적이다. 한국과 일본은 수많은 역사의 질곡으로 감정의 골이 깊다. 그 결과 일본에서 한국으로 이주한 학부모와 자녀는 여러 어려움을 겪는다. '쪽바리' '왜X' 소리는 예사고, 일부 일본 정치인의 망발이 화제에 오르면 싸잡아 비난을 받는다. 한국인 모두가 시간을 안 지키거나 부동산 투기에 목숨을 걸지 않듯, 집단으로 묶어버리기는 숱한 오해와 폭력을 낳는다.

2018년 현재, 일본인 다문화가정 학생은 1만 3000명이 넘고 비율로 따지면 중국, 베트남에 이어 세 번째에 해당한다. "일본에게는 가위바위보도 져서 안 된다"라고 공공연히 말하는 나라에서 일본 다문화가정 학생들은 일종의 죄책감을 안고 산다. 군국주의 시절로 돌아가려 하는 일본의 우경화 세력을 비판하고 거부할 수 있다. 그러나 특정 민족 전체를 악으로 규정하고 매도하는 건 곤란하다.

폭력은 그 속성상 약한 곳을 가장 먼저 건드린다. 혐오의 화살은 때로 힘 있고 멀리 있는 '일본 우경화 정치세력'에 꽂히지 않고 평범하고 가까이 있는 '일본 관련 한국인'에게 날아온다. 혐오는 쉽다. 일본처럼 공공의 적이 되어버린 경우, 혐오 행위에 대한 심리적 부담도 덜하다. 교육은 생각하는 인간, 편견과 차별에 저항하며 보편적 가치를 지키는 인간을 기르는 일이다. 어렵겠지만 일본 정부의 후안무치한 태도에 저항하는 가장 멋진 방법은 혐오가 아니라, 민주시민으로서의 윤리와 책임감을 갖춘 다음 세대를 기르는 일이 아닐까.

혐오가 다른 사람에게 어떤 영향을 미칠지 헤아려보고 다음 행동 결정하기, 비판할 때 비판하더라도 집단으로서 미워하지 않기. 요즘 구상 중인 수업 주제다. 제주도 예멘 난민, 중국의 사드 보복 등 타국·타민족과 엮인 갈등 상황은 지속해서 있었고 앞으로도 그럴 것이다. 다문화가정이 늘어나는 시골 학교 교사로서 무슨 사안이 나올 때마다 해당 국가 출신 학생이 움츠러드는 모습을 보기 고통스럽다. 피부색이 달라도, 말이 조금 어눌해도 그냥 같은 한국인으로 잘 지내고 싶다.

'노는' 아이가 걱정되나요

'노는 땅을 뭐라고 번역해야 하지.' 학교 영어 원어민 강사와 대화하던 중 말문이 막혔다. 예전에 닭과 토끼를 길렀던 공터를 지나는 참이었다. 지금은 동물이 없고 텅 비어 있기에 드문드문 잡초와 들풀이 솟아 있었다. 그 땅을 설명할 때 가장 먼저 떠오른 수식어가 '노는'이었다. 뭔가 특별한 쓰임 없이 존재한다는 의미였는데, 'playing ground'라고 말하려다 입을 닫았다. 노는 땅, 세상에 노는 땅이 어디 있나.

한국인 기준에는 상추라도 심어야 땅이 한량 신세를 면한다. 사실 '노는 땅'이란 보는 사람만 애타고 초조하지 땅 자체는 아무 문제가 없다. 부동산 세계에 노는 땅이 있다면 교육 세계에는 '붕 뜨는 시간'이 있다. 붕 뜨는 시간은 학생이 문제집도 안 풀고, 학교 숙제도 안 하며, 방과후 수업도 없는 시간을 가리킨다. 물론 아이 입에서 나오는 말은 아니고 주로 보호자들이 쓰는 표현이다. 붕 뜨는 시간은 부모의 마음을 불안으로 견딜 수 없게 만든다.

"놀려봤자 뭐해요. 게임이나 하고 유튜브나 보지."

대답은 빤하다. 그럴 바에야 차라리 친구들하고 시시덕거리더라도 학원에 다니는 게 낫다고 생각한다. 학원에 대단한 기대를 하는 게 아니라 남들도 엇비슷한 선택을 하고, 집에서 뒹구는 것보다야 뭐라도 하는 게 나으니까 보낸다. 학원 일정에 맞춰 붕 뜨는 시간 없이 일상을 채운 자녀는 피곤한 기색으로 잠자리에 든다. 부모는 이런 장면을 하루를 알차게 잘 보낸 아이의 훈훈한 마무리로 해석한다. 붕 뜨는 시간이 없는 삶은 괜찮은 걸까?

경제학 개념 중 노동의 한계생산성체감 법칙이라는 것이 있다. 같은 법칙이 학습에도 적용된다. 공부를 많이 하면 학업 성취도가 높아지지만, 그 증가폭은 점점 줄어든다. 그러다 일정 수준 이상이 되면 학습 시간을 추가해도 성취도는 향상되지 않고 오히려 감소하기도 한다. 학생의 체력과 정신력에는 한계가 있기 때문이다. 한국 학생의 학습 시간은 한계생산성이 0에 가까워지는 수준을 뛰어넘었다.

더구나 십수 년에 걸친 PISA(경제협력개발기구 주최 국제 학생평가) 결과도 상위권이다. 이 결과를 두고 열심히 하니까 OECD 국가들 중 으뜸이구나, 사소한 부작용이 있지만 앞으로 계속 몰아쳐 순위를 유지해야겠다고 판단하면 곤란하지 않을까. 학생들의 능력은 차고 넘친다. 학습량을 약간 줄인다고 조마조마해야 할 단계가 아니다. 말도 많고 탈도 많지만, 한국의 교육 시스템은 세계 정상급 성과를 오랜 기간에 걸쳐 보여주고 있다. 학력

쪽은 과도할 정도로 잘하고 있으니 학습 동기와 생활 만족도를 높이는 일이 PISA에 올바로 대응하는 방식이라 생각한다.

"제대로 마음껏 놀아본 녀석들이 유튜브나 게임 중독에 안 걸립니다. 뭐가 더 재미있는지 겪어봤거든요."

이런 말을 자녀 상담을 하러 온 학부모들에게 말해도 잘 듣지 않는다. 한국 내부 경쟁에서 도태될까 봐 아이를 놓지 못하는 것이다. 노는 땅을 차마 내버려두지 못하고 호미질을 하고야 마는 농부의 마음이랄까. 공부는 효율적으로 해야 한다. PISA 2015 순위에서 전통적으로 상위권에 포진한 싱가포르, 홍콩, 마카오, 타이완, 일본 같은 동아시아 국가들은 한국 못지않게 교육열이 강하다. 일본과 홍콩은 중학교 단계부터 비평준화이기 때문에 10대 초반부터 입시 스트레스에 노출되며 교내 규율도 엄격하다. 그런데도 학교생활 행복도는 오히려 한국보다 높다. 학교를 마친 후에 친구나 가족과 함께하며 취미와 여가를 즐길 여유가 있기 때문이다.

공부를 왜 해야 하는지, 삶의 의미가 무엇인지 성찰할 기회도 주지 않고 달려가는 교육 방식이 얼마나 지속 가능할까? 아이들에게 붕 뜨는 시간을 주자. 무거운 현실에서 벗어나 몸과 마음을 가볍게 할 시간 말이다.

누구나 유튜버가 될 수는 없잖아요

초등학교 3학년 때 우리 반 남자애 두 녀석의 장래 희망이 대통령이었다. 그 둘은 서로 자기가 진짜 대통령이 될 거라고 걸핏하면 으르렁거렸다. 주변 친구들은 친한 녀석을 편들기 바빴다. 그 와중에 나는 '백화점 사장'이 되겠다는 내 꿈과 겹치는 아이가 없어서 안도했다. 어릴 적 꿈대로 사는 사람이 얼마나 될까? 교사가 된 지금에 와서 생각해보면 당시의 진로 교육은 장래 희망 발표하기 수준을 맴돌았던 것 같다. 사정은 지금도 별반 다르지 않다.

학교에서 주로 이루어지는 진로 교육은 '어떤 삶을 살고 싶은가?'와 같은 철학적 차원이 아니라 '어떤 직업을 갖고 싶은가?'를 다룬다. 예를 들면 학생 수요 희망을 받아 방과후학교 강좌를 열거나, 직업인(부모, 선배)을 초청해 이야기를 들어보는 식이다. 직업이 인생에 미치는 영향을 고려하면 진로와 직업을 떼어놓고 생각할 수는 없으나, 아이들이 선호하는 진로의 범위가 너무 협소하다는 것이 문제다. 백종원 씨가 유명해지면 요리반으로, 페이커 선수가 활약하면 게임 코딩반으로, 도티와 잠뜰이 텔레비전에 뜨면 유튜브 콘텐츠 제작반이 붐빈다.

진로 교육의 범위가 좁은 건 역설적이게도 아이들의 적성과 흥미에만 초점이 맞춰져 있기 때문이다. 이건 아이들이 희망하는 직업 순위와는 별개다. 교사, 운동선수, 의사, 경찰 같은 직업은 전통적으로 인기가 높고, 사회구조가 급변하지 않는 한 크게 바뀌지 않는다. 대신 변하는 건 진로 교육 항목이다. 진로 교육 프로그램을 기획할 때 학생과 학부모 수요조사를 실시한다. 이때 제과 제빵, 댄스, 축구, 통기타, 소프트웨어 코딩처럼 아이들이 흥미를 느끼거나 최신 트렌드를 반영한 의견이 다수 나온다.

모든 사람이 취미나 여가 생활 분야에서 생계를 꾸리지는 않는다. 오히려 그런 경우는 '덕업일치(덕질과 직업 일치)'라 하여 드문 사례로 치부된다. 그런데 정작 학생의 장래에 대해 진지하게 접근해야 할 학교에서는 진로 교육을 꿈과 끼로 한정시켜 좁은 세계만을 경험하게 한다. 초등학생은 언론에서 주목하는 스타가 등장하면 막연히 동경하는 경향이 강하다. 이면에 숨어 있는 각종 어려움과 노력, 여러 조건은 상대적으로 잘 알려지지 않는다. 직업 세계를 노동의 관점에서 접근하지 않고 피상적인 소개나 즐길 거리, 체험 거리로 다루니 진로 교육은 반쪽짜리가 되고 만다.

한나 아렌트는 인간의 조건 중 하나로 노동을 꼽았다. 노동은 지루하고 고통스럽다. 아무리 창조적인 일을 한다고 해도 일정량의 노동을 피할 수 없다. 무엇보다도 대개 일자리는 구직자의 흥미가 아니라 사회적 수요에 의해 창출된다. 하고 싶은 일만 해서는 입에 풀칠하기가 무척 어렵다는 의미다.

제자 중 상당수는 생산직 노동자나 기술자, 자영업자로 살아가야 한다. 내가 앞길 창창한 제자들을 저주하는 못된 교사라서가 아니라 한국에는 아이들이 희망하는 만큼의 프로게이머나 파티시에가 필요하지 않기 때문이다. 나중에 커서 지금 싫어하는 일을 하게 될 확률이 높으며, 그것은 특별한 개인적 불행이 아니라 사회적 수요에 따른 필연적 결과임을 받아들여야 한다.

결코 학생들을 수동적이고 순종적으로 만들기 위함이 아니다. 진정 학생들의 미래를 풍요롭게 해주고 싶다면, 노동은 고되지만 참고 견뎌낼 가치가 있다고 느끼게 해주어야 하지 않을까? 더불어 노동에 대한 정당한 대가를 요구하고, 노동자의 권리를 보장받지 못했을 때 대응하는 방법까지 상세히 다루어준다면 더욱 좋을 것이다.

나의 바람은 이럴진대, 진로 수업 시간에 노동자의 자녀들을 앞에 두고도 '노동'이라는 단어를 쓰는 것조차 조심스러운 현실이 답답할 뿐이다.

4장

교사라는 직업

왜 교대 교육과정에 행정 업무는 빠져 있나

'제발 정보 업무만은 아니기를.'

업무 배정 발표를 앞두고 간절히 기원했다. 담임을 주어도 좋고, 어떤 학년을 배정해도 좋으니 정보 · 전산 업무만 맡지 않게 해달라고 빌었다. 다행히 올해는 수영부, 학생자치회, 록밴드 업무를 맡았다. 주말 수영대회 인솔 4회가 신경 쓰이긴 했지만 아주 나쁘지는 않다. 업무 분장에 따라 희비가 엇갈리는 교사는 나뿐만이 아니다. 교사들은 왜 이렇게 수업 문제도 아닌 것에 예민하게 구는 걸까.

앞서 예를 든 정보 · 전산 담당자의 학교 생활을 보면 답이 나온다. 명칭이 정보니까 최신 IT 기술을 접목한 스마트 수업을 하는 교사처럼 보이겠지만, 실상은 전혀 다르다. 정보 담당 교사는 학교 IP 대장과 서버실을 관리하며 노후 전산장비를 폐기한다. 매달 보안 유지를 위해 파일 암호화와 '내 PC 지키미' 상위 점수를 동료들에게 독촉하고, 프린터 토너 같은 소모품을 구입한다. 정보 담당이었던 시절, 초과근무 사유의 절반 이상은 수업 준비가 아니라 정보 업무 추진이었다. 과연 이런 것들이 교사가 할 일인가?

> 교사는 법령에서 정하는 바에 따라 학생을 교육한다.(초・중등교육법 제20조 4항)

지속적으로 쏟아지는 공문과 잡무에 시달리다 못해 찾아본 법률도 모호했다. '교육한다'에 들어갈 수 있는 업무는 어디까지일까? 나는 바로 아래 나와 있는 문장에서 또 멈칫했다.

> 행정직원 등 직원은 법령에서 정하는 바에 따라 학교 행정사무와 그 밖의 사무를 담당한다.(초・중등교육법 제20조 5항)

지금껏 내가 행정직원이 해야 할 일을 하고 있었다는 생각이 들었다. 법에 따르면 교사는 학생을 교육한다고 되어 있다. 그러나 현실에서는 직원의 몫으로 규정한 특정 영역 밖의 업무, 각종 정책 사업으로 추가되는 업무를 교사가 한다. 오죽했으면 신규 교사 컨설팅 자리에서 "왜 교대 교육과정에 행정 업무는 빠져 있나. 이게 진짜 교직 실무 아닌가?"라는 말이 나왔을까.

교육부와 교육청은 매년 교원 업무 정상화 대책을 마련해 발표한다. 지자체나 외부기관에서 감당해야 할 업무와 교사의 업무를 나누는 법적 근거가 미비하기에, 특별교부금으로 새로운 사업이 학교에 날아오면 교사 중 누군가는 이 일을 떠안아야 한다. 전산 · 복지 업무가 대표적이다. 국가적 차원에서 법령 정비를 통한 업무 조정이 시급하다.

"선생님 일하시는 데 방해하지 말자."

그림책을 읽어주기로 한 어느 아침 활동 시간, 오전까지 나가야 하는 긴급 공문을 처리하느라 약속을 어겼다. 토라진 애들이 얼른 책 읽자고 조르자 담임을 이해한답시고 반장이 했던 말을 잊을 수 없다. 교사에게 수업 준비와 상담, 학생 지도보다 중요한 일이 어디 있단 말인가. 이상한 업무로 반 아이들에게 덜 미안해지고 싶다. 빨리 승진해서 수업 대신 결재만 하고 싶다는 생각을 안 하고 싶다. 출근해서 제일 먼저 하는 행동이 업무 포털 사이트 열기가 아니었으면 좋겠다. 나는 그저 가르치고 싶다.

인성 교육도 이벤트가 되는 학교

학부모 총회와 상담주간을 준비하며 학습 관련 자료를 잔뜩 쌓아두었다. 올해는 '2015 개정교육과정'이 적용되는 첫해이니 학업에 신경 쓰는 학부모들이 많으리라 예상했기 때문이다. 예상은 보기 좋게 빗나갔다.

"아이가 즐겁게 생활했으면 좋겠어요. 친구 관계가 제일 걱정이에요."

새로 바뀐 교과서를 잠시 옆으로 밀어두었다. 여학생 학부모는 뉴스에 등장하는 극단적인 학교 폭력 사례에 민감하게 반응했다. 부산 여중생 폭행 사건, 인천 초등학생 살인 사건 등 청소년 강력 범죄가 대대적으로 보도되어 국민적 관심을 받았다. 이런 상황에서 부모들은 불안한 마음을 해소하기 위해 청와대 국민청원 사이트를 방문하거나 학교 일선에 인성 교육 강화를 요청한다.

학교 내부 사정도 비슷하다. 사회에 크고 작은 사고가 터지면 교실에 책임이 넘어온다. 학교는 여론과 외부 기대에 맞춰 결과를 보여줘야 하므로, 업무 차원의 인성 교육 담당자를 배정한다. 사실 인성 교육은 늘 하고 있지만, 그럴싸한 실적을 위해 활동 내역을 사진으로 찍고 보고서를 작성한다. 그리하여 갑자기 '친구사랑 주간'이 생기고, 우정ZONE이 설치된다. 얼마 전 '애플데이'에는 친구에게 미안했던 기억을 편지로 사죄하며, 진짜 사과를 나눠 먹었다. 아이들이 사과를 와구와구 먹는 모습이 웃기면서도 슬펐다. 나는 스마트폰을 들고 웃픈 장면을 열심히 찍었다. 실적 보고를 위하여.

학교 교육은 지식 전달을 넘어 덕성과 품성의 도야를 목표로 한다. 당연히 인성 교육은 필요하다. 그러나 오늘날의 인성 교육은 특별 사업처럼 추가되어 교사들에게 뚝 떨어진다. 어느 날 공문이 날아오면, 인성 담당자는 교육과정을 수정해야 한다. 기존 교과 수업 시간을 줄여가며 인성 프로그램을 대체할 순 없으니 만만한 창의적 체험활동 시간을 손본다.

창의적 체험활동은 이미 안전 교육, 다문화 교육, 소프트웨어 교육 등 온갖 사회적 요구에 따른 강화 교육으로 가득 차 있다. 부족한 시간에 쫓기며 생색내기 용도로 추진되는 특별 프로그램이 내실 있게 진행될 리 없다. 그럼에도 근거 자료를 만들어 보고하지 않으면 학교가 인성 교육을 했는지 안 했는지 확인할 수 없다고 하니 보여주기식 교육의 악순환은 계속된다.

좀 더 근원적으로 들어가면 인성 교육을 교과 교육과 분리하여 생각하는 방식이 더 난제다. 인성이 갖춰지지 않은 지성이 무의미하듯, 지성이 뒷받침되지 않은 인성은 맹목적인 착함에 지나지 않는다. 착한 것도 배워야 제대로 착할 수 있는 셈이다.

6학년 2학기 사회 1단원 '우리나라의 민주정치'에서는 헌법의 의미와 국민의 권리를 배운다. 국회와 법원이 하는 일을 배우고, 우리가 인권을 존중하기 위해 어떤 노력을 할 수 있을지 고민하는 까닭은 민주 시민의 역할을 다하기 위해서다. 사회가 정상적으로 작동하지 않을 때 시민은 헌법 정신과 인권을 지키기 위해 발 벗고 나선다. 열심히 배워야만 좋은 시민이 될 수 있다.

각 교과는 '인격을 도야하고 자주적 생활 능력과 민주시민으로서 필요한 자질을 갖추게 하기 위하여(교육기본법 제2조 교육이념)' 정교하게 구성되어 있다. 결국 인성 교육의 방향은 교과 교육을 기반으로 섬세하게 설정되어야 한다. 또한 교육과정에 새로운 인성 교육 요소를 더하거나 수정하고자 할 때도 현직 교사를 비롯한 여러 전문가의 의견을 충분히 반영하면 좋겠다.

인성은 지성 함양과 더불어 일생에 걸쳐 배우고, 삶으로 실천해야 하는 영역이다. 인성 교육 또한 사과 몇 쪽 나눠 먹고 사진 찍는 것으로 끝나는 감성 이벤트가 될 수 없다.

요번에 성과급 뭐 받았어요?

"요번에 뭐 받았어요?"

지난해 같은 학년에 근무한 선생님이 목소리를 낮춰 물었다.

"A 받았어. 선생님은?"

답변을 듣고 고개를 떨구었다. 선생님의 성과급은 B였다. 한 학년에 두 반밖에 없어서 우리는 사안이 있을 때마다 수시로 협의했다. 선생님은 통합 학급의 담임을 맡아 수업과 생활지도에 어려움이 많았다. 나만 A를 받아서 무척 미안하고 면목 없다고 하자 선생님은 손사래를 치며 이게 우리만의 일이냐며 오히려 위로했다. 성과급이 입금되는 5월 말이면 이런 상황을 자주 만난다.

매년 반복되는 교원성과급 문제를 겪으며 나는 무척 혼란스러웠다. 교사 간 경쟁을 부추겨 전문성을 강화하고 공교육의 위상을 회복한다는 취지는 단 한 번도 성공한 적이 없었다. 사실 처음부터 예견되었다. 교사를 S, A, B 순서로 등급을 매기려면 평가 기준이 필요하다. 초등학교 교사는 수업, 생활지도, 상담을 주 업무로 한다. 누가 수업을 얼마나 잘 준비하고 수행했으며, 생활지도와 상담을 얼마나 능숙하게 했는지 판단하기란 무척 어렵다.

교육은 단기간에 성과가 드러나기 힘들다. 교육의 성과라고 하는 것도 무엇을 성과로 보느냐에 따라 기준이 판이할 수밖에 없다. 학교는 매년 합의할 수 없는 항목을 합의 보기 위해 고심한다. 기준 하나에 동료의 등급이 바뀌기 때문이다. 이 부분은 아주 예민하다.

등급산정비율 규정에 따라 학교 구성원의 최소 30%는 B등급을 받는다. 평가 기준을 만들다 보면 "○○ 선생님이 희생해줘서" 같은 말이 계속 나온다. 누군가가 손해를 보지 않으면 끝끝내 합의를 못 보는 구조이기 때문이다. 학교 구성원들도 성과급 제도가 애초 모순적이라는 사실을 안다. 평가 기준이 합리적이어서 수긍하는 것이 아니라, 학교 분위기나 원만한 인간관계를 위해 타협하게 된다.

평가 방식인 다면평가 방식도 빈틈이 많다. 규모가 큰 학교에서는 다른 학년이나 다른 건물에 근무하는 교사 이름조차 모르고 지내는 경우가 있다. 담임이 각자 교실에서 생활하고 업무를 보는 초등학교는 특히 그렇다. 다면평가자로 선정되면 평가를 위해 알지도 못하는 사람을 줄 세워야 한다. 교사는 자기 수업과 담당 학생이 있기에 다른 교사의 일거수일투족을 속속들이 알기 어렵다.

학교 구성원 대다수는 성과급을 원하지 않는다. 물론 체육 육성 종목, 방과후학교 업무처럼 어렵고 기피하는 자리가 있다. 대다수 학교에서는 고생하는 분에게 성과급으로나마 보상해야 한다는 공감대가 있고 실제로 S등급이 주어질 확률이 매우 높다. 그렇다면 성과급 대신 보직교사 수당을 인상해주거나, 행정 전담 인력을 보충해 선생님이 수업과 학급에만 집중할 수 있는 환경을 만들면 되지 않을까?

교원성과급 폐지는 보수 교원단체와 진보 교원노조가 뜻을 같이하는 드문 영역이다. 교원성과급 도입 이후 교사들은 꾸준히 성과급의 폐해를 알려왔다. 정 폐지할 수 없다면 등급산정비율과 성과상여금 차등지급률이라도 바꿔달라고 주장했다. 그러나 성과급을 임의로 균등 분배하면 징계하겠다는 협박성 공문만 받아봤을 뿐 현장의 의견은 반영되지 않았다. 심지어 지난 4월 교육부는 2020년 성과상여금 지급 방법을 변경해 담임, 학폭(학교폭력) 담당 교원, 보직교사 위주로 S등급을 받게 하겠다고 밝혔다. 코웃음이 나왔다. 이 방식을 적용하면 우리 학교 교사 16명 중 13명이 S등급이라는 계산이 나온다. S등급은 전체 교원의 30%만 줄 수 있게 되어 있다.

나는 가끔 교육부와 학교의 아드막한 거리를 느낀다. 교원성과급 폐지가 무려 대선 공약이었다는 사실이 새삼스럽다.

아이들 싸움에 경찰서 가자고요?

스마트폰을 확인하는 일이 잦아졌다. 예년보다 학부모, 학생 연락 빈도가 대폭 늘었다. 어디로 튈지 모르는 6학년들의 담임 교사로 살아가려면 문자 한 줄, 전화 한 통도 놓칠 수 없었다. 사실 고학년 담임을 자원했다. 학교폭력 사안이라도 터지면 최소 일주일간 엄청난 스트레스에 시달리며, 온갖 행정 절차와 상담 등으로 진을 빼야 한다. 모르는 바는 아니었으나, 그간 6학년 담임을 못 해봤기에 직접 경험하고 배우고 싶은 욕구가 더 컸다.

학기 초, 아이들 정보가 거의 없었다. NEIS(교육행정 정보시스템)에 탑재된 이름과 주소, 생년월일 정도로는 부족함을 느꼈다. 나는 아이들의 교우 관계도를 작성하고, 수시로 일대일 면담을 했다. 옆 반 선생님과 협의해 과거에 있었던 주요 사건(절교, 왕따 등)을 중심으로 정보를 모았다. 물리적 폭력보다 관계 폭력이 잦은 특성을 반영해 남학생이나 여학생 무리의 내력과 불화를 조사한 것이다.

내가 정보에 집착했던 이유는 학교폭력의 원인이 대부분 너와 나의 '다름'에 있기 때문이었다. 다름(차이)의 기준은 여러 가지가 있었다. 비만, 지저분함 같은 외모가 따돌림의 시작이 되는가 하면 부모의 직업이나 가정형편의 차이가 위계를 만들기도 했다. 갖가지 다름 중에서 어떤 다름이 차별, 나아가 폭력으로 이어질지는 아무도 모른다. 그래서 담임은 모든 가능성을 열어놓고 아이들의 성격과 특징, 환경적 요인을 종합적으로 파악하고 있어야 한다. 이렇게 준비했는데도 불구하고 크고 작은 일들이 생겨났다. 그래도 어찌할 바를 몰라서 허둥지둥대는 상황은 피할 수 있었다.

학교폭력은 국민 관심도가 높아서 학부모들이 대처법을 어느 정도 숙지하고 있을 것 같지만, 막상 아이가 학교폭력을 당했다고 하면 어떻게 대처해야 할지 모르는 경우가 태반이다. 우선 자녀의 이야기에 공감하면서 부모가 도와줄 테니 안심하라는 메시지를 주는 것이 중요하다. 물론 아이는 상황을 객관적으로 전달하기보다는 자신에게 이익이 되는 방향으로 이야기를 편집할 것이다. 그렇다고 할지라도 비난보다는 수용하고 지지하는 태도가 기본이다.

이후에는 담임교사와 상담하며 상황 파악에 들어간다. 처음에는 자녀에게 들었던 내용과 차이가 있을 수도 있다. 왜냐하면 당사자들이 서로 얼마간 피해를 주고받으므로 피해자와 가해자를 명확하게 나누기 힘들기 때문이다. 기대한 내용과 차이가 있더라도 교사를 믿고 함께 문제를 해결해나가는 것이 좋다. 가정과 학교에서 아이의 생활방식이 다를 수 있고, 교사는 학교라는 작은 사회에서 살아가는 자녀를 지켜본 전문가다.

상황 파악 단계가 끝나면 대부분 서로 사과하고 재발 방지를 약속하면서 문제가 해결된다. 간혹 흥분한 학부모가 훈계 명목으로 상대방 아이를 심하게 꾸중하거나 폭력을 행사해, 부모 간 싸움으로 비화하기도 한다. 심각한 수준의 폭력이라면 당연히 학교폭력위원회를 개최하고 추후 경찰에서 사건을 다루어야겠지만, 대개 교육과 중재로 해결될 수 있다.

아이들이 몸과 마음의 상처를 딛고, 관계를 회복하는 과정을 여러 차례 지켜보았다. 자연스럽고 아름다운 풍경이었다. 학교 밖 사람들이 떠올리는 학교폭력은 잔학함으로 가득한 공포 영화에 가깝다. 극단적인 학교폭력 사례가 기사의 단골 소재가 되기 때문이다. 형사처벌을 받아야 할 가해자는 법의 심판대에 서는 게 맞다. 그러나 평범한 성장기의 아이들도 이런저런 악행을 저지르고 반성하며 자라난다. 잘 몰라서, 충동적으로, 재미있어서 친구를 괴롭히기도 한다. 사람들은 이 사실을 쉽게 잊는다. 나는 학교가 경찰서와 법정이 아닌 성장의 공간이어야 한다고 믿는다. 싸운 다음 날 어깨동무하는 아이들보다, 지레 겁먹은 어른들이 학교를 물러설 수 없는 대결의 장으로 만드는 것은 아닌지 고개를 갸우뚱하게 된다.

진짜 '도농 격차'가 뭔지 아세요?

강원도 벽지 초등학교로 전근 왔을 때 가장 놀란 건 아이들이 제대로 놀 공간이 없다는 점이었다. 시골에도 학원은 있다. 학습지 선생님이 가정을 방문하고, 원한다면 그룹 과외도 받을 수 있다. 대신 문화시설이 귀했다. PC방도 있고 LTE 전파도 빵빵 잘 터져서 게임을 하는 데 무리가 없었지만, 수준 있는 공연이나 전시를 즐기기 어려웠다.

아이들은 어린이날, 생일 따위로 용돈 주머니가 차면 삼삼오오 짝을 지어 동해시로 놀러 나갔다. 도계읍이 소속된 삼척시의 시내도 아니고, 교통은 불편하지만 거리는 더 가까운 태백 시내도 아니었다. 초등학생이 시외버스를 타고 삼척 터미널에 가서, 동해행 버스로 갈아타는 수고를 아끼지 않았던 건 영화관 때문이었다. 동해 · 삼척 · 태백 지역에 하나뿐인 멀티플렉스에 가기 위해서.

유튜브와 IPTV가 보편화된 세상에 영화관이 무슨 대수냐고 할지도 모르겠다. 아이들에게 영화관 나들이는 문화생활이고,

영화를 예술의 한 양식으로 체험하는 생생한 방식이었다. 오케스트라와 발레, 오페라까지는 바라지도 않았다. 광고에 나오는 영화를 가벼운 마음으로 즐기는 일상. 소박한 바람이다.

흔히들 교육의 도농 격차를 이야기할 때 가구의 평균 소득이나 사교육비 지출 규모를 예로 든다. 그건 외부인의 관점에서 수치로 바라볼 때의 이야기이고, 교실에서 살을 맞대며 느끼는 도시와 시골 학생의 차이는 문화적 취향이나 삶의 태도 차이였다. 초등학생에게 학업성적은 오히려 부차적 문제다. 시골 아이들이라고 해서 산을 벗 삼거나 개울에서 물고기를 잡지 않았다. 즐길 만한 문화 콘텐츠가 없는 곳에서 아이들은 쉽게 게임이나 도박 같은 말초적인 놀잇감에 빠져든다.

같은 시골 안에서도 부모의 사회경제적 지위에 따라 문화생활의 양식이 크게 다르다. 주말을 맞아 서울에 가서 데이비드 호크니 전시회를 보고 오는 아이와 스마트폰 게임으로 하루를 다 보내는 아이가 한 반에 있다. 방학 때마다 광화문 대형서점을 방문해 부모와 함께 책을 고르는 아이와 유아 때 산 전집이 책장의 절반 이상을 차지하는 아이가 짝꿍으로 앉아 있다. 가정 여건에 따라 아이가 누리는 문화생활의 질은 천차만별이다.

문화생활의 차이는 단지 여가시간을 보내는 방식의 차이로 끝나지 않는다. 아이의 덕성과 삶의 태도에도 영향을 미친다. 문학 작품과 공연 예술을 즐기는 아이는 삶의 다양한 면모를 이해하고 공감하는 능력을 기르는 데 유리하다. 뮤지컬 〈영웅〉을 보고 온 우리 반 아이는 자연인으로서의 안중근과 군인으로서의 안중근을 비교하여 설명할 줄 안다. 체육활동도 마찬가지다. 온 가족이 수영장 정기 이용권을 끊어 다니는 집 아이는 음식량을 조절하고, 더 먼 거리를 헤엄치기 위해 꾸준히 운동한다. 좋은 문화 · 체육 생활에는 절제, 신중함, 배려, 금융 지식 같은 교양과 생활 덕목이 따라붙는다. 돈이 돈을 부르는 복리 이자처럼.

경제적 불평등이 건강 불평등, 학력 불평등, 나아가 교양 불평등으로 이어지는 악순환을 날마다 목격한다. 시골일수록, 가난한 동네일수록 구구절절한 사연이 넘치고 아이들은 나쁜 길로 쉽게 빠진다. 타고난 인성이 부족해서 그렇다고 생각하지 않는다. 단지 균형 잡힌 삶의 태도와 문화적 소양을 습득할 기회와 경험이 부족할 뿐이다. 아이는 부모를 선택할 수 없다. 헌신적인 부모 밑에서 양질의 교육과 여가를 누리는 행운을 어려운 가정의 아이에게도 나누어줄 수는 없을까. 사회가 가정의 구멍을 메워주면 안 될까. 반가운 소식이 있다면 여기 폐광촌에 상영관 2개 70석 규모로 영화관이 들어설 예정이다. 부모가 차로 태워주지 않아도 동네에서 영화를 볼 수 있는 삶. 교육 기회의 평등은 소소한 일상의 영역에서 시작된다.

도시로 진학하는 학생을 격려하는 슬픔

6학년 담임의 연말 업무 중 하나는 중학교 배정 원서를 쓰는 일이다. 우리 학교가 위치한 도계읍에는 남중, 여중이 하나씩 있다. 아이들은 별도의 추첨 절차 없이 중학교에 진학한다. 나름 수월하게 보일지도 모르나 남모를 고민거리가 있다. 도시지역 중학교에 다니고 싶어 하는 학생이 꽤 된다는 것이다. 우리 학교 6학년은 40명이 채 되지 않는다. 그중 한 명이 2학기 말에 전학을 갔고, 3명이 졸업 후에 학군을 옮길 예정이다.

학교 선택은 학부모와 학생의 권리이므로 교사가 상관할 바는 아니다. 하지만 그 이면에 깔린 시골 탈출 정서를 발견할 때마다 놀라곤 한다. 시골은 어디까지나 거쳐 가는 곳이라는 생각. 국토의 균형발전을 겉으로 지지하지만, 인구 감소 국면에서 지방의 도태는 어쩔 수 없다는 체념. 그런 마음이 교사에게도 똑같이 적용된다는 사실에 소름이 돋는다.

학부모 처지에서 보면 초등학교 시기에 시골살이는 생각보다 나쁘지 않다. 시골 학교일수록 이런저런 지원이 많아서 도시라면 비용을 내야 하는 프로그램도 무상으로 제공된다. 더구나 도계처럼 탄광산업이 발달한 경우 대한석탄공사나 탄광 기업처럼 소득이 높은 일자리가 있다. 또 주거비 부담 없이 아이를 키울 수 있다는 장점도 존재한다. 중학교부터는 계산이 복잡해진다. 대학 진학을 고려해 얼른 입시 레이스에 올라타야 한다는 판단이 서는 시기다.

입시 준비를 도시에서 더 잘할 수 있을 거라고 믿는 학부모들은 출퇴근이 가능한 인근 동해시, 멀게는 강릉에 집을 구해 아이를 시내 중학교로 보낸다. 물론 이 선택이 가능해지려면 경제력이 뒷받침되어야 한다. 사교육에 투자할 의향과 학군이 받쳐주는 지역의 아파트를 구매할 여력이 필수이기 때문이다. 농어촌 특별전형을 노리고 전략적으로 고교 졸업까지 시골에서 지내기도 한다. 물론 재학 중 단 한 번이라도 부모나 학생이 주소지를 도시로 옮겨서는 안 되는 등 조건이 까다로워 쉽게 할 수 있는 선택은 아니다.

교사라고 다를 것은 없다. 강원도의 경우 벽지, 농어촌에 근무하면 승진 가산점이 주어진다. 시골 학교 기피 현상을 막으려는 조치다. 시골 학교에 근무한다고 해서 온 가족이 시골로 오는 건 아니다. 대부분이 장거리 출퇴근을 감수하거나, 본인만 주중에 관사를 이용한다. 당장 '벽지 가산점'이 주어지는 우리 학교만 봐도 학교 소재지인 도계읍에 주소를 둔 교사 비율이 20% 미만이다. 주변 지역에 있는 소규모 학교의 사정도 비슷하다.

이유는 있다. 도시의 삶이 더 편리하기 때문이다. 나를 비롯한 미취학 자녀를 키우는 선생님은 소아과와 종합병원이 가까이 있기를 바란다. 어린이 놀이시설과 교육기관, 문화센터를 일상적으로 누리고 싶어 한다. 유치원에서 같은 반 친구들이 적어도 10명 이상은 되어 다양한 인간관계를 경험하길 기대하고, 가끔 시내에서 여러 브랜드 매장을 아이와 함께 둘러보고픈 욕망도 있다. 이건 강원도 내에서 일어나는 일이지만, 넓게 보면 지방과 수도권, 수도권과 서울의 문제이기도 하다. 마치 부동산 카스트 피라미드처럼 사람들이 편리함과 자산 가치를 좇아 더 큰 도시로 몰려 올라가는 것만 같다. 물론 여기서 피라미드의 하층은 지방, 그중에서도 시골이다.

학교 주변에서 빈집을 발견하는 건 어렵지 않다. 굳게 닫힌 대문에 녹슨 자물쇠가 채워져 있거나, 주인을 찾지 못한 우편물이 잔뜩 꽂혀 있다. 나는 도시로 떠나는 아이를 격려하며 중학교 재배정 절차를 알려주다 말고 주변의 묘한 분위기를 느끼곤 한다. 떠나는 아이는 늘어나는데, 외부에서 들어오는 아이는 거의 없다. 친구를 잃고 싶지 않은, 빈집이 생기는 걸 또 보고 싶지 않은 어린이의 눈빛은 슬픔이 누적되어 서늘하다. 그렇지만 담임인 나도 동해시에서 출퇴근하는 외지인인 까닭에 섣불리 위로의 말을 건네지 못하고 우물쭈물하고 만다.

쓸쓸하고 괴로웠던 신종플루의 기억

결국 코로나19로 개학이 연기되었다. 11년 전 악몽이 떠올랐다. 나는 2009년 신종 인플루엔자(신종플루)를 앓았다. 시작은 교실이었다. 3월 무렵에 시작된 신종플루도 처음에는 특이한 감기쯤으로 여겼다. 그러다 11월에 접어들어 위기경보 수준이 '심각' 단계로 격상되었고 학급에서 기침하던 아이들이 하나둘 학교에 나오지 않았다. 양성 판정을 받은 아이도 있었고, 학부모가 예방 차원에서 가정체험학습을 쓰기도 했다.

당시 지침에 따라 나는 매일 아이들 체온을 점검하고, 특이사항을 기록하여 교무실에 알렸다. 확진자의 증상은 독감과 유사했다. 고열에 근육통, 설사, 구토가 동반되었다. 비상시국인지라 사소한 상황도 보건교사와 협의하고, 필요하면 학부모에게 연락을 취했다. 그런데 가정에 따라 반응이 사뭇 달랐다.

반 친구들과 선생님께 폐를 끼칠 수 있으니 아이를 데리러 가겠다는 집이 절반. 나머지는 여러 가지 이유로 아이를 좀 더 데리고 있어달라거나, 견디다가 정 아프면 조퇴를 시켜달라고 했다. 신규 교사였던 나는 부모가 연락을 받고 과도하게 놀라면 어쩌나 하고 걱정했는데 의외의 반응에 당황스러웠다. 문제는 정말로 심각해 보이는 아이가 집에 가지 못할 때였다.

아픈 아이를 교실에 둘 수는 없어서 일단 보건실로 데려갔다. 보건실에서도 난감하기는 마찬가지였다. 신종플루가 유행하는 상황에서 의심 환자는 빨리 격리 치료를 받아야 하는데 보호자가 데리러 올 형편이 안 되었다. 애는 곧 픽픽 쓰러지게 생겼는데. 이대로 조퇴를 시켰다가는 하굣길에 무슨 일이라도 터질 것 같았다. 결국 담임인 내가 관내출장을 내고 학교 근처 종합병원에 같이 갔다. 부모가 너무 바쁘거나, 부모와 함께 살지 않는 아이들이었다.

마음이 아팠지만 그런 연민도 잠시, 엄청난 육체적 고통이 찾아왔다. 감염된 것이다. 신종플루는 제정신으로 체감한 그 어떤 고통보다 막강했다. 이마가 터질 것 같았고, 온몸이 두들겨 맞은 듯 아팠다. 일가친척 하나 없는 강릉의 작은 원룸에서 신종플루에 걸린 초임 교사는 끙끙 바닥을 굴렀다. 나는 타이레놀 한 알을 먹고 그 기운으로 택시를 잡아 병원 응급실로 향했다. 그 시기 강릉에서 나는 도움받을 곳이 없었다. 부모는 멀리 울산에 있었고, 대학생인 여자친구는 춘천에 있고, 전염병에 걸린 마당에 동료 교사를 부를 용기는 나지 않았다.

20대라 그랬는지 수액과 타미플루의 힘으로 금방 나았다. 그래도 한 가지 확실히 몸에 저장한 기억이 있다면 돌봄이 부재한 상황에서 아프면 정말 서럽고, 위험하다는 느낌이다. 나보다 더 어리고, 약하며, 돈도 없는 학생은 조퇴를 거부당했을 때 기분이 어땠을까, 또 그런 애를 즉각 데려갈 수 없는 부모 마음은 어땠을까.

11년이 흐른 지금 나는 두 딸을 아내와 교대로 돌보고 있다. 2월 초에 마스크를 비롯한 소독 물품을 넉넉하게 구비해두었고 냉장고도 가득 채웠다. 주말에는 핑크퐁 동요를 틀어놓고 아이들에게 책을 읽어주며 집에 머문다. 자발적 자가격리라고 하지만 남쪽에서 쏟아지는 햇볕은 따사롭기만 하다. 내가 상대적으로 안전하다는 느낌을 받을 때마다 쓸쓸하고 괴로웠던 2009년의 강릉을 생각한다.

글을 쓰는 현재, 아직 아무도 학교에 등교하지 않는다. 그렇지만 여기 삼척에서도 확진자가 발생했기 때문에 아이들은 집에 머무르며 외부 행동을 삼갈 확률이 높다. 누군가에겐 휴가에 가까운 외출금지가 열악한 거주환경과 경제 조건에서는 끔찍한 경험이 된다. 병에 걸렸을 때는 두말할 것도 없고. 텅 빈 교실로 출근해 사물함에 아이들 이름표를 단다. 과연 올해는 어떤 친구들과 1년을 보내게 될까. 학부모 대신 아이를 병원에 데리고 가는 일은 몇 번이나 있을까. 신종플루의 결말이 재현되지 않기를 바랄 뿐이다.

그 선생님은 왜 전화번호를 두 개 쓸까

온라인 수업을 즈음해 회의는 날마다 이어졌다. 모두가 처음 가는 길이었다. 정해진 건 아무것도 없고, 뜻을 모아야 하는 사안은 산더미였다. 가벼운 일거리부터 처리하면 속도가 날 것 같았다. 나는 가벼운 이야기랍시고 담임 소개 건을 꺼냈다. 교사와 학생이 서로 알지 못하니 개학 전에 오리엔테이션 게시물을 올리면 좋지 않겠느냐는 의도였다. 다들 수긍하는 분위기이기에 나는 '셀카' 영상을 어떻게 찍어야 할지 모르겠다고 너스레를 떨었다. 돌아오는 반응이 묘했다. 휴전선을 그은 것처럼 회의실 공기의 반은 차갑고 반은 뜨거웠다.

"온라인에 얼굴을 공개하고 싶지 않아요. 사진 띄우는 것도 부담스럽네요. 대신 학급 소개 영상 따로 제작할게요." 차분한 목소리가 어색한 공기를 갈랐다. 누구보다 열성적으로 온라인 수업을 준비해온 분이었다. 아이들이나 학부모에게 자랑삼아 본인을 내세워도 될 법한데 결심이 단호했다. 다른 여자 선생님 한 분이 조심스럽게 의견을 보탰다.

"저는 듀얼 넘버 쓰고 프로필도 얼굴로 안 해놓거든요. 좁은 동네인데 노출되는 게 부담스럽더라고요. 남자 선생님들은 모두 사진 걸어놓으셔서 놀랐어요."

전혀 의식하지 못했다. 나는 전화번호를 두 개 쓴 적도 없고, 벚꽃이나 풍경으로 프로필 사진을 채우지 않는다. 동료 여선생님의 비어 있는 프로필을 보아도 그저 취향 탓이겠거니 했지, 사생활 유출의 공포가 반영된 거라고는 생각하지 못했다. 몇 해 전 부모 또래의 여성 선배 교사와 나눈 대화가 기억 깊숙한 곳에서 튀어나왔다.

"신규 선생일 때 말이야. 시골 학교 관사에 있으면 누가 창문을 자꾸 통통 쳤어. 문 앞에서 지저분한 농지거리도 하고. 자물쇠를 두 개, 세 개 채워놓고 지냈지."

선배는 담담하게 야만의 시대를 회고했다. 밑도 끝도 없는 음담패설, 젊은 여교사를 교장 · 교감 옆에 붙여 술 따르기, 3차로 간 노래방에서 억지로 추는 블루스…. 지옥의 전설은 가까이 있었다. 나는 "언제 적 일이에요? 말도 안 돼"를 연발했지만, 얼마 지나지 않아 신안군 흑산도에서 20대 여교사가 학부모 3명에게 집단 성폭행을 당했다는 뉴스를 들었다. 지옥의 문은 여전히 열려 있었다.

'n번방 사건' 관련 청와대 국민청원에서 '박사방 회원 중 여아 살해 모의한 공익근무요원 신상공개를 원합니다'를 눈여겨봤다. 여아 살해를 모의한 강 아무개씨는 고등학생 시절 담임을 맡았던 여교사를 상습 협박한 혐의로 징역 1년 2개월을 복역하고 출소했다. 출소한 뒤 사회복무요원으로 일하며 다시 협박을 일삼았다. 살해를 음모한 여아는 그 여교사의 딸이다. 사회적 관계에 서투른 제자를 진심 어린 태도로 상담해주던 담임선생님은 9년간 정상적인 생활을 하지 못했다.

나는 담임을 하면서 제자에게 스토킹당할지 모른다는 두려움을 가져본 적 없다. 선택적으로 두려움을 뿌리치는 것이 아니라 처음부터 그런 위협을 가정하지 않는다. 안전은 내가 인식하는 세계의 기본값이다. 내가 공기처럼 누리는 평화가 남성이기에 가능했음을 일깨워준 건 동료들의 생생한 증언이었다. 불편한 진실을 마주할 때마다 소름이 돋았다. 더 섬뜩한 건, 내가 금세 평정심을 회복한다는 사실이었다. 얕은 수준에서 여성들의 이야기에 공감하는 듯하지만, 의식의 밑바닥에서는 결국 이 모든 서사가 나와는 거리가 먼 다른 세계의 일이라는 본능적인 안도감을 느끼는 것이다. 나는 해맑은 얼굴로 무심할 수 있는 권리를 누리고 있었다.

내가 누리는 권리가 정당하지 못하다는 걸 기억하려 의식적으로 노력한다. 이렇게라도 하지 않으면 자꾸 무관심한 상태로 내빼는 나를 잘 알기 때문이다. 특정 성별만 누리는 이상한 특권은 모두가 나누어 가져야 한다.

탄소 배출량 7위 국가의 시민으로서

아이들이 격주로 학교에 나온다. 학생 하교 이후 나는 고무장갑을 낀다. 왼손에는 항균 스프레이, 오른손에는 행주를 들고 문손잡이와 게시판, 사물함 표면을 닦는다. 하루 청소의 끝은 쓰레기통이다. 요즘 쓰레기통 차오르는 속도가 심상치 않다. 내용물도 예년과 다르다. 끈 떨어진 마스크, 소독용 티슈, 비닐장갑이 쓰레기의 절반을 차지한다. 학교가 방역의 최전선이라더니 점점 병원 쓰레기통을 닮아간다.

학교 전반적으로 폐기물 양이 늘었다. 학기 초에는 온라인 수업한다고 주문한 마이크, 헤드셋, 스마트폰 지지대, 와이파이 공유기 상자의 양이 상당했다. 퇴근 후 아파트에서도 비슷한 광경을 목격한다. 비대면 소비 증가로 택배 아저씨는 대목을 맞았고, 눈코 뜰 새 없이 바쁘다. 스티로폼 완충재와 비닐이 재활용장에 작은 언덕을 이룬다.

위생적이고 간편한 일회용품은 코로나 시대의 필수 물품이 되었다. 발달한 과학기술과 풍부한 물자 덕분에 우리 교실은 부분

적으로나마 일상을 유지할 수 있다. 그러나 나는 교실 쓰레기봉투를 묶다 말고 역설적인 의문에 빠진다. 혹시 과학기술을 발전시키고, 물자를 풍부하게 만드는 행위가 도리어 인간을 위태롭게 하는 건 아닐까.

인간은 문명의 발전과 산업개발을 위해 끝없이 자원을 채취하고, 자연을 파괴한다. 가령 나는 비닐장갑을 끼고 가정통신문을 나눠준다. 석유에서 추출한 원료로 만든 비닐은 편리하지만, 자연적으로 분해되는 속도가 느려 잘 썩지 않는다. 석유는 비닐 외에도 플라스틱, 휘발유, 합성섬유 등 현대인의 생활에 필수적인 제품의 원료다. 우리가 석유를 시추하고, 정제하여 사용하면 할수록 생활은 편리해질지 몰라도 지구에 악영향을 미친다.

실제로 지구는 점점 인간이 살아가기 힘든 행성이 되고 있다. 세계 곳곳에서 대형 산불이 빈번하고, 폭염에 시달리는가 하면, 지구가 에너지 균형을 맞추는 과정에서 태풍이 자주 발생한다. 그럼에도 인간은 더 많은 탄소 배출물을 내뿜어, 기후위기를 부추긴다. 트럼프 대통령은 파리기후협약 같은 인류 존속을 위한 최소한의 약속마저 국익을 명목으로 탈퇴해버렸다. 우리가 찬란한 문명이라 부르는 것들은 파멸을 향해 전력 질주하는 비뚤어진 욕망일 수 있다. 왜냐하면 우리가 인간다운 삶이라고 간주하는 일상의 양식이 이미 자연을 착취하는 형태이기 때문이다.

당장 교실만 해도 7월부터 에어컨을 켰다. 견뎌보려 했으나 날이 더우니 아이들은 어지러움을 호소했고, 마스크를 쓰고 6교시 수업을 하는 나도 코와 입술 주변에 땀이 차 가려웠다. 선택의 여지가 없었다. 이미 쾌적한 생활에 익숙해진 사람은 만족의 기준선이 높다. 한번 찬바람 맛을 보면 약간 더운 상태를 참을 수 없게 되어버린다. 그레타 툰베리가 지적했듯, 기후 문제는 너무 어렵거나 규모가 커서 힘든 게 아니라 단지 희생을 각오하는 순간 생활이 너무 불편해져서 힘든 것이다.*

나는 미미하지만 환경에 보탬이 되려 생색을 낸다. 교실에서 버려지는 비닐봉지 중 깨끗한 걸 모아두었다가 무거운 준비물이나, 토마토 모종 따위를 나눠줄 때 쓴다. 또 더위나 추위는 가급적 계절에 맞는 의상이나 자연적인 방법으로 이겨내려 한다. 일회성 소모품 구입을 줄이고 여러 번 쓸 수 있는 제품을 고른다. 이게 무슨 소용인가 싶지만, 적어도 반 아이들에게 방향성과 메시지는 전달할 수 있다는 마음에 계속 실천 중이다. 선진국이 누려온 행동 양식은 지속 불가능하다. 모든 사람이 환경운동가가 될 필요는 없지만, 지구를 파괴하는 일에 적극적으로 가담하지는 말아야 한다. 치료제와 백신이 나온다고 해서 인류가 무사할 수 있을까? 살균 티슈로 교실 여기저기를 문지르다 보면 지금 이 순간에도 또 다른 재앙의 방아쇠를 당기고 있다는 죄책감을 지울 수 없다. 탄소 배출량 7위 국가의 시민으로서.

* 『그레타 툰베리의 금요일』, 그레타 툰베리 · 스반테 툰베리 · 베아타 에른만 · 말레나 에른만, 고영아 옮김, 책담, 2019, 151쪽.

거북이의 소원

6교시까지 있는 다른 요일과 달리 수요일은 5교시까지만 수업을 한다. 이 한 시간의 여유가 학생들에게 주는 심리적 만족감은 상당하다. 기쁨의 함성이 여기저기서 터져 나온다. 그러나 몇 명에게는 그렇지 않다. 나머지 공부를 해야 하기 때문이다. 나머지 공부의 정식 명칭은 천천히 배우는 학생 지도. 그러나 실제로는 아무도 그렇게 부르지 않는다. 그냥 심플하게 나머지 공부라고 한다.

학습부진아를 천천히 배우는 학생이라고 부르는 건 아마도 업무 담당자의 배려일 것이다. 슬로우 앤드 스테디, 착실하게 배우다 보면 언젠가는 목표 지점에 도달할 수 있어. 부지런한 거북이 파이팅! 담당자의 머릿속에는 이런 그림이 떠오르지 않았을까. 천천히 배우는 거북이가 목표한 학업성취에 도달하려면 적어도 최소한의 성실성과 학습 의지가 필요하다. 그런데 어쩌나, 거북이들은 공부에 재미를 느끼지 못하는데. 재미가 없으니 성실과 학습 의지도 따라붙지 않고.

올해는 유독 나머지 공부 지도가 힘들었다. 이유가 있다. 거북이들은 대체로 가정에서 학습이 불가능하다. 환경이 부실하거나, 의지가 약하거나, 가족 구성원과 관계가 엉망이거나. 여하튼 상상할 수 있는 온갖 이유로 공부를 안 한다. 또는 못 한다. 그나마 학교에 나와서 1:1로 붙들고 가르쳐야, 겨우 문장을 읽는 수준인데, 코로나19로 학교에 나오는 날이 반토막 났다.

행복의 관점에서 이렇게 물을 수도 있다. 학교에 안 오면 공부를 안 하니, 거북이 입장에서 좋은 것이 아닌가? 일시적 심정으로는 그럴 수도 있다. 그러나 학교에 나오면 입장이 바뀐다. 거북이는 세상을 혼자 살지 않기 때문이다. 거북이 옆에는 수많은 토끼가 있다. 사회는 거북이의 속도를 기다려주지 않는다. 이솝우화라면 토끼가 교만을 부려 낮잠이라도 자지, 현실의 토끼는 다른 토끼와 경쟁하느라 스파이크화를 발에 끼운다.

교육과정도 거북이를 쌩 지나쳐 간다. 교과서에는 표준 학습속도라는 개념이 있다. 열두 살이면 이 정도 수준까지 이해하고 문제를 풀 수 있겠군, 하는 가정이 깔려 있는 것이다. 이 가정을 기반으로 하여 교육과정의 내용이 정해진다. 학년이 높아질수록 다루어야 할 개념의 종류가 늘고, 과제의 복잡성도 증가한다. 그럼 만일, 5학년이 5학년 내용을 마스터하지 못하면 어떻게 되는가. 이런 질문을 할 수 있는데 원칙대로라면 유급이 맞다. 학년이 나이와 동의어는 아니니까. 그러나 현실적으로는 정말로 특별한 사유가 없는 한 유급제도는 작동하지 않는다. 같은 해에 태어났으면 같은 교과서를 덮고 졸업해야, 소위 정상인의 궤도인 것이다.

이런 사고방식은 정상궤도에 올라타지 못한 거북이를 양산한다. 정상성이나 평범함이라는 건 어디까지나 확률에 가까운 개념이라서 언제나 그 밖에 존재하는 낙오자들이 있기 마련이다. 심각한 건 낙오의 반복이다. 거북이가 거북이로 사는 데는 이유가 있으므로, 높은 확률로 거북이는 거북이의 삶을 반복한다. 탈출은 드물다. 그 결과, 학년이 올라갈수록 학습 부진과 무기력이 사채처럼 쌓인다. 코로나19는 사채의 이자율을 대폭 높여버렸다.

거북이도 공부 못하는 자신을 싫어한다. 어서 빨리 공부를 잘하게 되어서 나머지 공부 명단에서 빠지는 것이 최우선 희망사항이다. 그러려면 좋든 싫든, 공부라는 걸 해야 하는데 집에서 손바닥만 한 휴대폰 들여다보며 하는 온라인 수업으로는 안 된다. 혼자서 공부할 수 있는 아이였다면 처음부터 학습 부진으로 분류되지 않았을 것이다.

나는 거북이가 학교에 나오는 등교 주간을 알뜰하게 사용한다. 그나마 얼굴 맞대고 만날 수 있을 때 상담을 하고, 틀린 수학 문제도 같이 푼다. 왠지 1학기 때 푼 문제와 숫자만 다른 문제를 또 틀려서 무한 반복하는 기분이 들지만, 거북이와 얘기를 나눌 수 있어서 좋다.

"선생님이 힌트를 많이 주면 풀 수 있는데, 혼자서는 잘 안 돼요."

"원래 그런 거야. 그러니까 선생님이 존재하는 거지."

"그런데 이거 언제까지 해야 해요?"

"내년에 진단평가에서 60점이 넘으면 나머지 공부 안 해도 돼."

"네, 제발 그러고 싶어요."

우리 거북이는 삼 년째 이러고 있다. 방역 수칙 때문에 마스크를 쓰고, 나머지 공부 간식을 집에서 먹어야 한다는 점만 빼면 매년 똑같은 풍경이다. 학교에 자주 나와야 그나마 나머지 탈출 가능성을 높일 수 있을 텐데. 언제쯤 소원을 이루려나.

예전에 거북이가 내게 이렇게 물은 적이 있다. 제빵사가 되려면 수학을 잘 해야 되냐고. 나는 밀가루랑 우유 비율 정도만 맞출 정도면 충분하지 않겠냐고 했다. 설탕 3그램쯤 오차 난다고 해서 빵 맛이 크게 떨어질 것도 아니고. 거북이는 그날 엄청난 진실을 알아버린 표정으로 집에 돌아갔다. 눈을 크게 뜨고서.

나는 기도한다. 우리 거북이가 오답 노트 걱정 없이 치아바타를 구울 수 있는 날이 오기를. 소금 몇 그램, 우유 몇 밀리미터에 주눅 들지 않고 거침없이 오븐 전원 버튼을 누를 수 있기를. 코로나37, 코로나44가 찾아와도 거북이 가게만은 영업 제한 조치에 걸리지 않고 양껏 빵을 팔 수 있기를. 거북이 가게에서 산 빵으로 내가 어린 거북이들에게 나머지 공부 간식을 줄 수 있기를. 부디 학교가 그날까지 안녕하기를.

이준수

춘천교육대학교에서 초등교육을 전공했으며, 강원도에서 초등학교 선생님으로 10년 넘게 일했다. 학교는 시트콤과 다큐멘터리를 동시상영하는 극장 같았다. 때로는 관객으로, 때로는 배우로, 때로는 프로듀서로 지냈다. 출근하면 적어도 열 번 웃을 수 있는 직업을 가졌다는 행운에 감사하며, 아이들과 만나고 있다.

:: 산지니 · 해피북미디어가 펴낸 큰글씨책 ::

문학

사다 보면 끝이 있겠지요 김두리 구술 | 최규화 기록
선생님의 보글보글 이준수 지음
고인돌에서 인공지능까지 김석환 지음
완월동 여자들 정경숙 지음
캐리어 끌기 조화진 소설집
사람들 황경란 소설집
바람, 바람 코로나19 문선희 소설집
북양어장 가는 길 최희철 지음
지리산 아! 사람아 윤주옥 지음
지옥 만세 임정연 지음
보약과 상약 김소희 지음
우리들은 없어지지 않았어 이병철 산문집
닥터 아나키스트 정영인 지음
팔팔 끓고 나서 4분간 정우련 소설집
실금 하나 정정화 소설집
시로부터 최영철 산문집
베를린 육아 1년 남정미 지음
유방암이지만 비키니는 입고 싶어 미스킴라일락 지음
내가 선택한 일터, 싱가포르에서 임효진 지음
내일을 생각하는 오늘의 식탁 전혜연 지음
이렇게 웃고 살아도 되나 조혜원 지음
랑(전2권) 김문주 장편소설
데린쿠유(전2권) 안지숙 장편소설
볼리비아 우표(전2권) 강이라 소설집
마니석, 고요한 울림(전2권)
페마체덴 지음 | 김미헌 옮김
방마다 문이 열리고 최시은 소설집
해상화열전(전6권) 한방경 지음 | 김영옥 옮김
유산(전2권) 박정선 장편소설
신불산(전2권) 안재성 지음
나의 아버지 박판수(전2권) 안재성 지음
나는 장성택입니다(전2권) 정광모 소설집
우리들, 킴(전2권) 황은덕 소설집
거기서, 도란도란(전2권) 이상섭 팩션집
폭식광대 권리 소설집
생각하는 사람들(전2권) 정영선 장편소설
삼겹살(전2권) 정형남 장편소설
1980(전2권) 노재열 장편소설
물의 시간(전2권) 정영선 장편소설
나는 나(전2권) 가네코 후미코 옥중수기
토스쿠(전2권) 정광모 장편소설
가을의 유머 박정선 장편소설
붉은 등, 닫힌 문, 출구 없음(전2권) 김비 장편소설
편지 정태규 창작집
진경산수 정형남 소설집
노루똥 정형남 소설집
유마도(전2권) 강남주 장편소설
레드 아일랜드(전2권) 김유철 장편소설
화염의 탑(전2권) 후루카와 가오루 지음 | 조정민 옮김
감꽃 떨어질 때(전2권) 정형남 장편소설
칼춤(전2권) 김춘복 장편소설
목화-소설 문익점(전2권) 표성흠 장편소설
번개와 천둥(전2권) 이규정 장편소설
밤의 눈(전2권) 조갑상 장편소설
사할린(전5권) 이규정 현장취재 장편소설
테하차피의 달 조갑상 소설집
무위능력 김종목 시조집
금정산을 보냈다 최영철 시집

인문

물고기 박사가 들려주는 신기한 바다 이야기
명정구 지음
말라카 파라하나 슈하이미 지음 | 정상천 옮김
벽이 없는 세계 아이만 라쉬단 웡 지음 | 정상천 옮김
범죄의 재구성 곽명달 지음
역사의 블랙박스, 왜성 재발견
신동명 · 최상원 · 김영동 지음
깨달음 김종의 지음
공자와 소크라테스 이병훈 지음
한비자, 제국을 말하다 정천구 지음
맹자독설 정천구 지음
엔딩 노트 이기숙 지음
시칠리아 풍경 아서 스탠리 리그스 지음 | 김희정 옮김
고종, 근대 지식을 읽다 윤지양 지음
골목상인 분투기 이정식 지음

다시 시월 1979 10 · 16부마항쟁연구소 엮음
중국 내셔널리즘 오노데라 시로 지음 | 김하림 옮김
파리의 독립운동가 서영해 정상천 지음
삼국유사, 바다를 만나다 정천구 지음
대한민국 명찰답사 33 한정갑 지음
효 사상과 불교 도웅스님 지음
지역에서 행복하게 출판하기 강수걸 외 지음
재미있는 사찰이야기 한정갑 지음
귀농, 참 좋다 장병윤 지음
당당한 안녕-죽음을 배우다 이기숙 지음
모녀5세대 이기숙 지음
한 권으로 읽는 중국문화
공봉진 · 이강인 · 조윤경 지음

차의 책 The Book of Tea
오카쿠라 텐신 지음 | 정천구 옮김

불교(佛敎)와 마음 황정원 지음
논어, 그 일상의 정치(전5권) 정천구 지음
중용, 어울림의 길(전3권) 정천구 지음
맹자, 시대를 찌르다(전5권) 정천구 지음
한비자, 난세의 통치학(전5권) 정천구 지음
대학, 정치를 배우다(전4권) 정천구 지음